苔藓与
童话

津渡 著

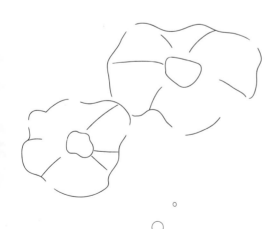

长江出版传媒
长江文艺出版社

津渡近照

望着阳山

是立秋了
整株树在山顶。
一缕诞织末的云，在交谈中变淡，消失。
因为衰伤，裁爱的果实
愈发鲜艳。
转向我记住过往的岁月，挂在枝条
弯折的阴翳之中。
天色已晚，家们的狗
去膝下转圈，呜咽，仿佛膝上
缠着无形的绳子
河不一如既往地平缓，俯边蕴藏着力
等着将我们冲入大海。

徐俊、2011年秋、

田园荒芜，一袭破败的幻灭

……

……

……

……

……

津渡 2013.

目　录

第三辑　打烙

第一辑

蜗牛

直 白

为了接近你，我更换身份
为了安抚你，我剔除个性。
为了验证时光的苦味
我们一起生活多年。

活过那些岁月吧
比你的耐心还要长。

为了一副棺材
我在银行里开好了户头。
为了死后不被嘲笑
我们阴险地留下了后代。

直 觉

黑暗中，我摸到楼梯的钢管

像一个人的胳膊，很长，很冷

离她的心脏很远

我感到我的身躯，从中间裂开

一半在台阶上蹦着，另一半去数她的肋骨

水，不停地滴进耳朵里，不断地

流出来，很快汇成一条河

我想起她，是我站在深水里苦苦呼喊过的

某一个人，叫作琴，或者萍

从来没有谁完整地爱过我们的一生

蔬 菜

我可以轻而易举地叫出她们
她们头上的花冠、心里的
花蕾。我可以轻而易举地贴近她们
那是枯黄的老叶，母亲的鞋底
那是茼蒿与白菜，一片刚刚生长出来的
莴苣的嫩叶，那是我深爱过的女人、我妻子
站在手掌中的女儿。我爱过她们茎叶里的汁水
头上的霜花，我流过太多的泪水
我一生好酒，却只有一副偏爱蔬菜的肠胃

蜗 牛

五月的田地里结满了豆荚
只有蜗牛的头上，还顶着两根菜花
哦，孤独的王子，一个国家在它背上
已成为一个忧郁的包裹

而诗人是在南方，在杜英苦涩的枝条上
注视最小的彩虹扭出的螺壳
最慢的闪电，一寸寸抽出
最后的家园飘动，如同心思幽暗的叶片

海 边

山冈清静，有一点小风
石楠，和低处的女贞
每一根枝条，都发出呜噜声。
歌鸫，趁着清早飞出去。
明亮的阳光下
大海涌过来无穷的波浪。
不远处，几个工人
正在海边搭建新的房子，砖块
一层一层地垒加
直到他们能够放上窗户的框子。

公 园

果子在枝条上越来越瘦

婴儿越来越肥

扫树叶的人在蚂蚁洞口，点燃了一堆篝火

一个侧身盖着报纸睡觉的流浪汉

更加贴近报纸中缝的讣告

两个迟迟不愿回家的老人，转悠着

他们想再看一看大地上，冷漠的余晖

白头夫妇

月色如银，他们头上的白发
经营得十分惨淡。
小径上的鹅卵石历历可数
一本摊开的账簿。
当他们赤裸双脚在上面行走
双手被鞋子占据。
那危险的枝丫，流浪猫已接近巢中
不幸的鸟儿。
那惊叫声，你听到了吗？

湖边纪略

田园荒芜，一襟破败的山水
残荷的杯盏倒扣湖面，一根带刺的枯肠
雨点加倍下注，花影鹤踪
都不关闲事
早起喝茶，中午昏睡，黄昏时分散步
趿拉着拖鞋在波浪中踢踏
晚上，在木盆里泡脚，摸到童年掷过来的卵石
深夜听到湖心里一片喧哗，念及人鱼的
下半身，羞愧不已

海 风

狂风夹杂着涛声，床铺更加潮湿
毛蚶和牡蛎似乎吸紧了床柱
这些没有眉毛和脚的生物，扁平、冰冷
在洋流里搅动睡眠
而两只海星去了海底摸索
躯体悬浮在房间里，被海蜇皮与毒刺包裹
呼吸沉重，一头鲸鱼正在缓慢上升

林　木

一棵树挨着一棵树，一棵树挨着另一棵树
像一群盲人站着，伸出手臂
摩挲着对方，附耳低语
有时候，也许会是另一种情况
需要更加耐心地辨认、抚慰
即便它们相距遥远，也能从转动的日晷与阴影中
感知彼此的存在

闲 居

没有俗客登门，书桌上的檀香灰和几滴鸟鸣
也被从容抹去
偶尔，我起身推开窗子
发现风还在吹
房屋越过街区和田野，停泊于
海岸边的一块草地，而山峰
离我还远，一座寺院端坐在云心

时　光

一整天都为雨所困，眼前掀不尽的重重帘幕
厨下的土豆生了芽
百里之外，最后一次台风即将来临
无所谓的庸常
我幻想一匹白马，不用学会敲门，踏过苔阶
铃声叮当地走进来
站在台灯底座，伸长脖子吞吃火焰

苔 藓

我多么想领养那片苔藓
到河滩上采石的人，铁锹砍下的那道白印子
深深地留在我心里
那曾是花头垂下来的绿毯，夏日里
龟之腹的憩息所
我的整个荒芜的人生，都需要那片绿、清凉的抚慰

静 坐

我得收拢双脚，为凉席上
搬运饭粒的蚂蚁让路
如果风这时正好掀起窗帘，一线阳光会照见
彼此的尴尬，所以我低着头
隐藏脸上的羞愧
我低得很深，像去年在村子旁的小道上那样
等一个抱着稻禾的小孩通过

书斋生活

除了师友的信札
和持赠的书稿，我把阅读的书籍
往前推移了三百年。
潦倒不通事务
你时不时落水，又遭遇大火。
左手和右手交谈
不妨互为津渡，头发和胡子烧焦
肉体与影子才能融为一体。
你打开房门，发现门
就在心里，立于古人的背后。

近景中的苏格拉底

最后一夜，门锁耷拉
星星们，从条纹睡衣的间隔中间
向着宇宙纷纷逃逸

一小杯毒芹汁，围过来
七八张易碎的脸
还有灯，鼻息微微撞动的火苗

一绺头发从前额上
突然滑倒，像是灰色的泥浆涌出
大师，你准备演讲
我们将陷入倾听

青 门

此刻我是只淋湿的小鹅
噙着几根青草回来，踏进了灰塘
脚掌下是红红的火炭
我在叫醒，迷乱又年轻的枝条

银河系里摇荡星星的狂欢
我们的邻居，像镶在瓜瓤里的黑籽
只要你挥动扇子，雪
便从山顶飘下，盖住碧绿的酒杯

与臧北书

轭曲枷于颈
深深地压下了头。
水的镜子里，我的脸挤得更扁
无限接近河岸。
鱼的梦境和烂荷叶越来越接近
水草纹的银子总也花不完。
白云总归负心
流水更加无情。
终了，我们还是需要照见、沐浴
借着晨光，涉水回到田园。

柠檬桉

我只爱这一株。向阳的一株。
穿过树林，解散了头发
这些裸露的少女们令我羞愧。

山坡上的夏令时节，没有风。
我在她面前跪下，祈祷。
空气慢慢愈合，而后静寂。

我只爱这一株。明亮的一株。
因为喜欢，我想不起刚才是否拥抱过她。
因为喜欢，我想不好如何和她在一起。

摘棉铃的姑娘们

裹着绿格子布头巾，这些姑娘们
走到坡上。当她们的胸脯撞击青涩的棉铃
它们是软的。哦，时间
正是棉铃腹内那白色的浆汁
沉甸甸地垂挂。当她们的手指激动地拨开它们
"给我开花。"它们如此气恼地顶撞
如同云丝抽动时带来的震颤
"那么，给我布。"她们同样心慌意乱
并且下意识地捂住惊慌的乳房。

寄　居

窗台下的甘蓝，心窝里顶着一摊沸水

篱墙上的瓦罐里

有半角凉月亮

牛羊，猪啊，鸡啊，它们的灵魂

在干草堆与木栏间安息

灯光从墙缝里缩回去

一对老夫妻迟迟没有入睡，他们说起明天

要收菜，杀鸡，赶集，买回两袋水泥和一只风筝

社火饭

五十棵玉米秸秆走进火堆之后
我们遇见了自己的祖父
在溪流对岸，他眺望乡间小路、麦地
他手里紧握的牛缰绳变成了一尾鱼
一封书信
那些在火堆里冒烟的土豆，多像溪水中的卵石
我们埋头吃着社火饭，黝黑的面容照亮
下巴骨咔嚓作响，一会儿就吃完了我们的祖父

尺蠖

爱上一个农药厂里做工的小伙，和他的
眉毛，两片马马虎虎
粘贴上去的、槐树的叶子。
隔着玻璃格子花窗，春天摇荡着
吐丝一般地慵懒。
然而春天是致命的，就像他松垮垮的蓝色工装
上衣口袋敞开，纽扣随意地松开
他慢慢地拧开瓶盖，散发诱人的杀虫剂气味。
春天的窗外，因为爱得真心
一只尺蠖娇羞无力，放松了身体和警惕。

青 蛙

这夜晚，月光如水呀
这夜晚，投湖的一定只是块
石头。

只有从湖水里跳上岸来
从树影里跳到我木屋里来，到灯下
叫我画一双眉毛的才是青蛙。

你看我点着熏香，读着经
装模作样地认真。
青蛙，你看木屋的楼梯上除了露水
还撒满了图钉。

静　物

停止纠缠之后，他们抽回了属于自己的臂膀
她把双肘支在乳房上，捧住了脸孔
而他，也安静下来，想到了炸开的汗毛在她身上的划痕
孩子在隔壁哭着，像隔着一重梦境
但是他们一动不动。坐在洁白的床单上
他们就像一对尚未倒空的陶罐，并且听到了身体里
令人羞愧的水声

湖　面

他从七楼往下看

有一瞬间，游泳的人全部潜入水下。湖岸

无声地抬出一面镜子

人的肢体和鱼群混杂在一起

像云与树丛，落在水中的影子

他从阳台上转身

并向金鱼缸里投下了眼泪和饵料

影 子

想起一个盒子

那么多拥挤的东西
从我身体里一下子倒出来

那么轻

劫后记

某一天，他趴在窗子上看：
他被童车推着，自行车驮着，出租车拉着，救护车拖着
然后，灵车装着他。
于是他从窗子上溜下来，裤腿里装满云
从高高的烟囱中，飞也似的逃走。

郊　游

一整天都在湖边，钓鱼，下棋，喝甜橘子汁。
孩子们拿着网兜，四处打捞水中的浮萍。
后来山的阴影渐渐压上帽檐，野鸭
扯动水线，返回菖蒲林中。
一天又将逝去，而槐花积满了车窗
一个梦境，在雨刮器
竖起的细细长耳边，簌簌摇落。
将有很远的路要走，从太阳坠落的深坑
一直驶向群星浮起的大道。

亚丁村落

出现在晶蓝山峰之间的峡谷平台
此刻正被熙暖的阳光洒照。二十多间蓝灰的房屋
领养一条发白的小路。
更多的，小人似的青稞束，在脖颈处捆扎
在打谷场边摆好，占据了
小小天堂的一角。
还有大片的金黄、云朵与梦想，不受惊扰的时光
躺在一个秋天的童话里静静地生长。

田　野

热爱田野，我爱得如此私心。
我爱那泥土、阳光、青草和野花，我爱
云水、三棱草、苇子和芦雁。
我的心轻柔易碎，一次
只能为一件事物所伤，而我愿意数落着去爱
我爱着无穷，一件件却爱得精确具体。
有一天，当我老了，死了
长眠在田野深处，将把我的一颗心
如精密的仪器，细细地拆解。

杜 英

土坯子屋墙外的台坡上

吹来一阵风，吹动碧绿或是朱红的叶片

众多交错的手指，忙着整理对襟。

那些粗大的枝干，那些细枝，多么惹人喜爱

如果我是细枝，我将是一把火柴

如果是粗干，我将是一根桅杆

但是，如果他们毫不心疼地

砍下我，我将是坡道上的滚木，等着劈开

留着过冬的柴火。

遗　照

如果死后非要留一张遗照
就用这张吧：

几间铁皮房子
灰白的马路，两株发黄的白杨。
一条小河
一头弓腰喝水的毛驴。

山　村

在山脚下
村子里死去的人
一个接着一个，一代接着一代
都被接到了山上。

在山上，村子里的人
就这样冷冷地，看着山下
村子里的那些人。

手　术

我脱下衣裳，穿上灯光
医生们，用明晃晃的刀子
灼伤我的眼睛。

假若我死去，他们会扔掉手套
假若我活下来
他们会静静地，去水池边洗手。

细　雪

象牙的尖刺抵触我的后背
塔松的枝条，坠入无数细碎的梦
那么多在原野上、在风中，走着的大象
梦中的大象，将要经历寒夜
而我要叫醒一条河
轻轻地，从天上回来
如同蓑羽鹤的翅翼，再次降落，着陆

地 铁

我和我的孩子，拉紧了手，没有说话
我们之间的联系
依然在展开。

很多年前，她从我的身体里启程
很多年后，以某种方式
我将被她挽留。

穿过一条长长的隧道
地铁如期抵达。

诗　艺

回到安宁，这古老的手艺

竟使我成了一个瞎眼的裁缝。

随手布下的句子就像朴素的织物，简单到没有光芒。

而灯影，只是一条暗河

随时准备给落寞的灵魂绊上一跤。

哦，这样的深夜，星星

星星也只是一块块废铁

当它们陨落，它们就是绕着我屋宇

盲目翩飞的蝙蝠。

你这样的诗人，又如何编织出天使的双翼？

山居十八章（组诗）

阵　雨

使一条小河饱涨的激情，转瞬
失去了。乌鸦从林中飞出，清脆地鸣叫
一天之中的一个时辰，仍旧竖在高高的桅杆上
我在窗前擦拭书卷上的湿气，消失的东西重新回到眼前
行人走出山径，渔夫们跑到了船舷上
整座山林，树枝与叶片尽力张开，弹回原来的样子

五　月

一年之中最美好的时节
我完全是另外一个人。我隔着窗纱
看台阶前的花落，小动物们
在林间的小径上出没。我养蚕，写作
给远方的朋友去信，怀念死者。
偶尔晚上出门
我在石头上枯坐，倾听大海朗诵
不可知的喜悦在胸中回落

山 月

落在石隙中的月光，落在锁孔里的眼珠
房舍，像蛋糕上镶嵌的水果
但是这些都是刹那间的幻影。一座座山，缓缓地撕裂
张开大口，对着夜空喘息
夜风中，星星闪烁其词，我暂且忘记了言语与诗行

山 居

白天，那些云去留无意
来了，离我远了又远。群山
沉醉于湖水松碎的镜子，暗影里透露出晃动的惊疑
与酸甜的欣喜。半夜里
松枝来敲打窗户，我起身推开，风灌满我的睡衣
我想到此时，榻上的人们在山谷里睡熟

枇 杷

怀着怎样的心愿？午后，一个农夫
在她脚下小心地松土浇水，在她小小的肋骨上
系上红丝带……
但是，这枇杷园里最小的一棵
一树绿色的乳头，青哀哀地要让我伤心

她的将要埋葬在篮子里的年月，市场、低贱的吆喝声
还是要让我伤心

木　门

雨停后，绿苔更加清新
小鸡们像网球一样滚动，在门口的斜坡上争食
我回到小屋，给杯子里加满净水
一杆猎枪挂在墙上，坦然面对山羊头骨的逼视
这是风，偏安于美好与仇恨之间
这是两重摇摆不定的心境，是我，是那扇不断开合的木门

梦　境

盘子里的橡皮鱼瞪圆了眼睛
它的牙齿咬紧了一截铅笔。要多长的时间
才能把一匹布变成流水，当这些颜料从画布上脱落
一个白日梦患者，总是不愿对着生活临摹
一想到过去，马匹就跑满房间和桌子，而当我回过神来
看到的都是灰尘。一个人待久了
难免遇到自己的替身和尸首，白昼如同一个巨大的圆
在灯下，我又拍死了一只小小的鹡鸰虫

黄　昏

这是虫子们鸣叫的时刻

远处的采石场，工人们的锤子对着钢钎的敲打声

稀疏下来。高大的榉树，枝条搂着杜英

黑暗即将到来，我开始担心书中，女主人公凄苦的命运

我的女儿采摘桑叶回来，竹篾编织的笼子里

提来一个活物

山　谷

每当山风吹来，炊烟歪向一边

那些淡下去的轮廓，就像墨水，无声地洇化在水池里

村庄坐在那里，像上了年纪的老人一样思索

群鸟不知疲倦，在一条狭长的带子上

追逐蜂群。我放下手中的画笔，捏紧口袋里的硬币

猜测正面与反面。山谷从未为我们所动

即便妇女们从土地上搬走成捆的菜籽，溪流又淙淙

黎　明

那时候，远山和云翳混为一谈

红日初升，淡淡的轮廓从海潮中苏醒

来了一位客人，在木屋的后窗上莽撞地扑打

又从屋后的山林里逃走。我认得那是只锦鸡，穿戴前朝的衣冠
我的伙计，一只炊壶，忍不住在黎明中吼叫

禅　院

被禅院四壁锁住的一方天，仍然有流云划过
飞鸟无心，在井里落下影子
出入山门者无数
一串念珠在老和尚的指头上捻了过来，又捻了过去
耳门之外，下山的台阶那么长
上山的台阶那么长

山　隅

小雨初停，云气从岩石鳞隙中升起。隔着雾障
滴水的石壁被日光映红，灵芝与山茶
如同点亮两盏白日的美梦。一茬茬光阴与流水
在山峪中冷落人事，高处是流云
低处是我脚下，虫尸、腐烂的草叶与祖母绿一样的青苔

断　崖

向晚，云朵与落日被推下断崖
我盘腿坐下，不为衣襟上的落花所动。荒山之上
猛虎与道士不曾到来。一日长于一生

鹰窠顶上，松盖相倾，暗影遮蔽我的心房
更远处，大海沸腾，洪波暗涌，天地相接而含于一线

钟　声

无羽之箭，从此岸到彼岸。湖面上
摆满了弓、弓弦。
每一次震颤，树影都会痛苦地
弹回枝条的形状
每一次震颤，都会使我的心更加扭曲

青　鱼

木屋、林木、山峰，落在湖中是诸神的影像
落在杯中的不都是泪滴。一个去湖心的打鱼人
不意成就遁世的念想，做了龙王的朝臣
在卧虹桥下，衣角成鳍，落在身上的梅花竟化为镜面下的鳞甲
夜深人静，他跳上岸来，借助清风化为人形
他嗅了嗅湖岸上，一双鞋子里的脚气

山　鬼

实际上我离天空这样近，星星落满我的面颊
我离幻象这样近，群鱼翻腾，争相叼弄我的胡须
虫豸，蛙咬我的骨殖。但我内心欣悦

坐在山风必经之地，木叶即如暗夜里的肉体脱落生长
是可生可弃。她是否坐骑花豹
手拿一枝塑料花朵，低声叫唤，掳掠我到幽僻之地

空 谷

四处空无一人，石子抚触流水的心思
泡桐枝上，青蛇像根解散的绳子
而蜘蛛，一个孤独的攀岩汉，在岩壁上已经挂好吊床
你怀揣家书，想着山外，飞鸟一直飞过了城郭
你要那些书本干什么，你要那些喂好毒药的箭矢干什么

松 风

席卷过高冈，那些松树就像坐在波浪之巅
摇桨的人。我黯然穿过石洞，忍受背心透骨的冰凉
三十三岁了，我早已倦于人世
每每被自己的足音惊醒。万事万物都不免遭受左右
世界空阔辽远，又如此造化，全然秉持聚沙成塔的本事
但一切，只有风过才能平息

山舆诗话（廿四章节之十二）

獐　山

山上，不知山下的时光。
那惊惶跳起的小动物，转瞬不见。
而青苔，惯于把鹿道上的蹄印掩盖。
黄昏，我在木屋里趺坐
细小的尘埃
无法左右自己，因为光柱的消失而遁于无形。
我先是听到了整座山的空寂、树叶的凋落
然后，才是水壶里的沸鸣。
星云汹涌，在无边的夜空里展开
宇宙忙于自身的建造与毁坏
并不怜悯任何孤单的个体。

高阳山

离我上次寻访，芫花
开过数度。
而枫香的辇盖，在寂寥的岁月中
已经从山脚驶向山腰。

这些猫一样的云，蜷缩在山谷里酣眠
倘若起身，它们会越过山尖
以雨点的方式注入大海。
数年的观察，短暂的觉悟
我该写下什么？
麋鹿唇吻下衔接的水线，小云雀
随着风吹动的发冠
在诗行里浮现，突然一起静止。

阅　山

日夜鼓荡的风，在流徙途中辗转
一座大山全部的智慧
静默到无言。
而鸟声鸣溅，落入青草，只有光斑的
小镜子照见。
这些山脚下的房子，用尽心力
终究会在时光中坍塌
在大海，日夜的对峙与吼叫中
随着海浪四处漂散。
我正要上山，修习隐居的生活。
在山道上，与无数个徒劳的我相遇、告别。
我要清水、朴素的谷物和书本
我将在彩虹下面，还原一座语言的巴别塔。

封　山

八月中旬，我在山脚下的水库里垂钓

日光在水流上漂动

仿佛屋顶上的铝皮，在风中轻轻摇晃。

正午，网兜中的花鱼

开始焦虑地挣扎，而我最终在一株幼小水杉

的注视下，把它们放入水流。

倦了，顺势把疲乏的身子放下

鸭舌帽下的一窝蘑菇，噙着泪水

似乎正叫着我："叔叔，叔叔

求你带走我们!"

这一觉睡到傍晚，山林更加寂静

那趴在岩石背后的猎人，两腿绷直

正在耐心地等待晚归的山鸡

杀机暗藏，他脚下的岩土忍不住簌簌地落下。

北木山

云朵像是赶考的秀才

行色匆匆，要到峪口的石城里投宿。

野菊花，这样消瘦的修行者

沿着小路继续上山

杯盏里，擎着夕光的流转。

我孤身一人，在北木山山隅静坐。

秋天，该开花的继续开花

该落叶的落叶

如果这些就是天空送下来的神谕，那么

我将在心底唤醒自己。

宇宙，一个混沌的巨卵

在暮色四合中沦落聚合，忙于它自身

纷繁芜杂的拯救。

隐马山

浓雾像马群一样

在山谷里涌动。

每一次，阳光巨大的石头落下

将它们四处驱散，又无声合拢。

从谷口里走出的河流，像段即兴的小调

在平原上，身子俯得更低。

远处，是两行掉光叶子的白杨

黑白两色里的农房。

不经意的风景，安静得像幅画

看起来，会有一个美妙的人生。

而业已收割完毕的田野，风继续扫荡土坷垃

麻雀、乌鸦，还是灵魂什么的

只有扔下的，一地鞭子似的干稻草

领受寒霜，对天空无言。

大横山

压低了的夏夜

萤火虫在蛙声的间隙里飞行

夜风浮沉，荷苞与芦根

不时送来阵阵香气。

那渺小之物，微茫的幻觉

终将坠入深渊，了无踪迹。

而我感念山阿如昨，横亘在眼前。

那山腰里的一豆灯火

可是少年顾况读书之处？

此刻，他所迷恋的晒谷场

如一席草簟，在大海里漂流

他手指间漏下的盐，同样染白我的发根。

曾经，我是如此羡慕：

站立于高高的天庭，展开诗卷

星斗熠熠，华章焕然。

独　山

山小，树木更小

也因此为斧斤所赦。

雨脚收住，田鹞

重新飞回蓬藟刺丛中的巢穴。

一朵小花，悄悄用花蕾上

噙住的水珠，试图照亮无名的石头。

还有，野燕麦的发条

在弯曲的脖颈上用力拧紧

那样纤细的指针，茫然地指着某个岁月。

更远，海浪不知疲倦地搬运泥沙

培植小山似的孤独。

金牛山

白天，穿行山谷

青苔绿得像张张蛙皮垂挂

而石壁峭立，上面镌刻的经文

正和松树的树根缠绕。

不惑之年，祸福舍得

唯有个人身心体味。

在山顶上，你庆幸找到了有如卧牛的巨石

那铺盖其上，用以悬壶济世的荷叶

早就淹灭。

下山，泉眼业已枯绝

你在惠泉寺歇脚，喝自来水

看一个和尚在宣纸上描绘无根之莲。

葫芦山

暮晚，废弃的营房

隐没于树丛和泥坏之中。

死去的枯草，听从风的召唤

在摇摆中一一复活。

某一瞬间，树林、山峦，愈发地黏稠

巨大的黑暗迫近

你伸手，抚摸它的头

灯光突然像一截舌头垂向湖面。

野鸭子，像小葫芦一样

四处盲目地漂开

那凌乱的水线，似乎要深深刻进谁的脸庞。

小尖山

眼前是令人眼花缭乱的景象：

紫藤在崖壁上恣意攀爬

金樱子的花朵，铺满向阳的山坡。

而在阴冷潮湿的涧边

委陵菜的花葶，支起了多棱的星星。

石蒜，一种艳丽无匹的植物

海星般的花瓣中间，伸出了钩叉

一样的舌头……

如此等等，我想说

每根茎管里

都有一条彩色的小溪涌动

但对于生命的来源、繁复、衰败与死亡

它所构成的宏大乐章

我一无所知。

无数次，我孤身一人穿山而过

手脚触动茂盛的花叶

那种热烈迅疾传导到内心的战栗

都使我悲不自禁

我不能理解为了什么。

茶磨山

就此坐下

不需要言语。

山峰的轮廓，轻薄得

像镊子扯出的一根纱线

而在谷底，油菜地和低矮的村庄

有进一步

被大雾掩埋的危险。

蓝喜鹊，时而在松盖上聒噪

时而，像隐士一般宁静。

这一切，生疏许久

我们坐在很远的地方

像是文徵明、彭孙贻、许相卿……

远远地坐在这里。

第二辑

木偶剧场

木　偶

每一棵树里
都住着一个木偶
每一个傍晚，他们都会脱掉树冠的帽子
掀开树皮，走出来

哦，他们在原野上走着

我记得他们天牛翎一样的眉毛
白蜡杆一样的鼻子
我记得，他们喷水壶一样的脸
马蹄铁一样的下巴

就是这样生动的面容
这样冰冷的伤感
一颗木头的心，这样永不开口说话

一双木头的腿，走着
像你我，在傍晚的原野上走着

木柴堆场的麻雀

下午是安静的，除了一只麻雀
在木柴堆场蹦跳。
它不叫唤
粉红的脚爪很小。
你给它设计了另外五种舞姿，又用拇指和食指
偷偷瞄准了七次。
它的胸脯很小，嘴巴很小
眼睛也很小，甚至看不出里面盛着高兴
还是忧伤。
在那些放倒的木头中间，它忙碌得
像片椭圆的树叶。
显然，它随时可能被一阵风吹走
没有工夫来和你喝上一杯。

关于马鲛鱼的一个童话

厨师从烟囱里望出去，只有一圈云
接着，天色暗下来，铺在马鲛鱼幽蓝的背上

一盆净水，厨师手指上的十块鳞片游动了起来

刀子，迟疑地
向着掀开的两片波浪中插下去

鱼腹剖开后，厨师走进去，找到了铁锚、船桨、三角帆
和巨大的桅杆，然而船长
坐在鱼鳔的交接处抽烟，样子很阴郁

水手们正朝着一个方向使力，拖拉鲜红的鳃耙

从一根直肠，缓慢地摸到胃
厨师冷静地，摸到了老祖母的放大镜

黄昏的绘像

这是我和你无法交换的，陡峭的黄昏。

狂暴的云杉，对着沉默的七叶树

雄辩的黄昏。乌云的怒马，颠簸在险峻的栈道

暴雨将至的黄昏。大脚在雷霆中走动

闪电捆缚江水的黄昏。一个在唉声叹气里

剧情急转，描画着眉毛，埋怨笼中的画眉鸟

聒噪的黄昏。一个，在轻薄的绸衫中

收起太极骨架，魅影重重的黄昏。屠宰场的工人们

排队，去洗手池边的黄昏。

军警们吹响集合的哨子，

新生的婴儿带着血污出场的黄昏。芦苇摧折胸骨

老妇人将死的黄昏。蛎鹬的长喙

敲击亡魂的黄昏。

这是我抛弃了两千多年的道德与仁义，抱着江水吞没的石凳

从水底、从出海口走上沙滩，执意用沙子

建造佛塔的黄昏，消弭于海水

巨大的手掌，顷刻间翻覆于无形的黄昏。

咸鱼铺子

只有咸鱼们知道，冬天有多么寒冷。
咸鱼们在竹竿上排好队，咬紧了生铁钩子
咸鱼们互相问候，挤紧。

走进来的人低着头，说：咸鱼
走出去的人低着头，也说：咸鱼
咸鱼们眼眶深凹，嵌着窗外的乌云。

开始下雪了，雪像盐粒一样簌簌地落下。
有人往灶塘里扔咸鱼，用咸鱼取火
有人用柴火串起咸鱼，在炉子上烧烤。

有一只炊壶里装满了水，咻咻地
喘着粗气，而店老板有事没事
会打开咸鱼皮夹，翻捡里面的纸钞和硬币。

有人用旧报纸包走了有文化的咸鱼
有人小心翼翼，用竹篮提着水
带走了一条性感的咸鱼

有人替咸鱼翻了翻身，就放下了。

有人穿着双咸鱼的鞋子，吧嗒吧嗒
跳过了门前的臭水沟。

天色渐渐黯淡下去，天气更加阴冷
红灯区里的红灯，红得滴血。
咸鱼们松开口，放掉了生铁钩子。

咸鱼们溜到了大街上，咸鱼们
像件深色的外套，伏在人们肩上。
咸鱼们伏在屋脊上，一声不吭……

而在最宽阔、最阴冷的海面上
最大的一头咸鱼甩掉了身上的鳞片
咸鱼彻夜难眠，身下的脓汁和血污黏成一片。
这可不关店老板的事。

韵　律

眉豆的卷须经过繁星的指认
找到了方向
它向着虚空伸出了自己
颀长的手指
在清晨湿润，又空旷的子宫里

白　鹭

像一个外省来的模特儿，兀立着
看不清她的脸
暮色中，有点儿冷
修长的腿，有点儿孤独

流水的音乐，蛙鸣的
鼓点，混杂着大头鲇鱼老爷的嘟哝
在我们略显粗鲁的乡下
等着她静静出场

一大片橘红的云
在田埂尽头静静燃烧
而我们矜持的贵客，解开髋部
她迈开步子
将火焰从容带动

雾中的小鸟

从树枝上跳到草地觅食
乌鸫，奋力扑扇肩上的水汽
像一个农夫
使劲地拍打外套上的灰尘。

浓雾尚未消散
拇指头一般大小的斑文鸟
仍然小心翼翼，站在水面的青苔上
捞取苔丝。

更远，看不清面容的小鸟
像小汽水瓶一样，在湖面上漂开
漂到不知名的地方去了
它们的命运啊，我们还不知道。

大　象

盲人摸象，一个传诵已久的故事
但是谁能告诉我：
大象，这神秘的物种
我们真正知晓的又有多少？

从林子边缘缓慢又沉着地走向河谷
一对蒲扇般的巨耳
提醒我们，不得不去倾听它的
每一次重击：
那传导到地幔深处，又从古老地心
传送回来的回应……

大象，四根粗壮的柱子
最终在天底，在河水边停下
它用修长、柔韧的鼻子
饮水，喷洒身体
那浑然一体、饱满的身形

而在水里的影子看到：一个
有如塔座一般的宽大脑门，和比新月
还要光洁的象牙，浓密睫毛

闭合的眼睑，以及
略带羞涩、谦逊的内心

等待黄昏浇铸的那一刻
大象那庞大的身躯，静静地
站在地平线上
告诉我们：大象，是住在地球上
离我们最近的，唯一的神

世界的存在

我总是会想到康德头顶星光繁密的苍穹
和他内心遵从的道德法则
卡夫卡，可望而不可即的城堡
被梵高的靴子照耀，永恒的精神世界
曾经，拿破仑的二角帽
想要完整地去征服它，但八大山人的禽鸟
呈现出一派凋敝的破坏河山
或许，它被拯救，被深深地厌弃
就像耶稣的十字架，以及老子的无为

梨

曾经看着她踩着刀刃旋转
拖曳水袖，雪的肌肤时隐时现
渐渐压低了唱腔

小小的碟子中央
让人生怜的手指
如切如磋，最后造就出一座精舍

蜜蜂，如同飞来的猛虎
在斑斓锦绣里吮吸，并且
带来了针刺

白的更白，一颗秃头
像满月一样饱满
低垂，不知要怜悯谁

一直俯看着心里的塔，舍利子
直到溢出水流
漫过一件果皮的裂裟

蟑　螂

神经衰弱症患者的
睡眠很轻。
仿佛镊子的尖头就能拎起
那近乎透明的
缥缈的物事。

隔壁，厨下
他竖起了耳朵。纤巧的足节
爬上了玻璃器皿。
而它细长的触须，缓慢搅动
黑暗的细流。

某个时刻，空气也微微过敏
因为屏住呼吸
过度地紧张。
它用狭长的口器吮吸
啃过的苹果，在书页间产卵。

盛夏，白昼忙碌于穿过
门与廊道。
透过冰裂纹的窗户玻璃

生长的绿荫

像是湿重的浓痰。

只有一树槐花渐渐显露出法相葳蕤。

在它的根脚之处

蚂蚁们抬着蟑螂的尸体

像一具红色的棺椁。

仿佛你就此获得了新生。

水　獭

黄昏，低着头
女孩子，沿着路基扔下碎纸片
踢着易拉罐的男孩
渐渐走远。站牌上，沾着一只蠕虫
像淌下来一滴油。
火车停下来加水，鸡冠花
站在石砾堆里，恹恹地摇头。
来了一个吹哨子的站务员
消瘦，大眼眶深黑
像咬紧了贝壳的水獭。
这专注的表情，多年前
已在一个死去的妇女脸上流露。
她走到车厢的另一边，一边敲打车窗
一边，兜售汽水和茶叶蛋。
每一次火车呼啸而过
我们都以为她已被火车带走。

鸬鹚的歌声

十一月飞临南方的黑鸟
沼泽地里的白杨才是它们的家
我整天趴在土堆后观察
等待它们，吃饱后
竖起脖子唱歌
那个时刻，嗉囊里涌动水
或者某种悒郁的东西
哦，灰白的，不
在水底，应该是暗黑的
像死去了很久的
人的脸
十一月的水面下
我没有看到鱼，只有
静静沉睡的树叶
像死者的一张张名片
当它们像鱼雷发射
冲向水底
我能想象那种饕餮
那使我喉头一阵发紧
使我胃里的血液猛地下沉
而在盛宴之后

它们在我昏沉的大脑里唱歌

在阴沉的云底下

唱歌，所有的鸬鹚

整个沼泽地，树枝上的鸬鹚

一起笨拙地摇晃

它们被自己的歌声唤醒

鸭　梨

鸭梨是只黄斑鸠儿
歇在柚木桌上
可爱的小嘴停止歌唱
像根枯黑的草茎

我发了一整天的呆
等着它，忽然跳进手掌中来
我想摸摸它的心脏
但是沉默，像竖起一只哑铃

只有一种暗示
在提醒渐渐泛酸的空气
柔软如成熟的处女
在心内悄悄结籽

斑马的故事

不由自主地想到了那起事故：
数不清的蚊子吹着喇叭，从四面八方涌来
斑马平静地站到了十字
路口，那是一个巨大伤口的补丁

斑马的毛发开始脱落，斑马身上
黏着的口香糖胶皮开始脱落
斑马的伤口流血，斑
马只剩下一副咬不动的骨架和水泥……

斑马受到格外的褒奖
一顶巨大的桂冠，由生铁的栅栏打造
斑马被请到养老院做演讲报告
对象，是一群来自森林外的小朋友

斑马叼着几棵枯草，从那起事故漫不经心地讲起
一直讲到天慢慢地黑下来
斑马愤怒地扯掉了绷带，斑马想到了
赛马场，然后是……没有马道的大草原

蛇　蜕

遗弃在尖石、草叶和枯枝间
近乎透明的长衫，兜着风簌簌吹动
像一卷单薄、破碎的蜡纸。
但那长长的腰身，仍然要使人着迷
我能联想到幽暗深井里
铁桶随着长绳落到水面，冲激开来的
涟漪、光亮和声响。
蛇，小巧而灵活的头颈
狭细眼睑里，散射出炯炯光芒的浑圆眼眸
以及那摇摆荡漾、修长的躯体
在发育过程中，膨胀的肌肉与活力
都要使人着迷。
雷雨过后，燠热、泛着水光的洼地
蛇的身体像湿重的皮鞭
无声地爬过。
蛇要捕食，相互追逐，疯狂地交配
蛇最终要摆脱牙管里的诅咒，完成自己
一次次蜕变，成长。
蛇要交出蛇蜕，一生之中的分期账单。
而眼前，立春日遇到的这只蛇蜕
竟使我获得了，从未有过的快意与释然。

夜　读

暮色迫近，树枝愈发瘦硬。
童车的前轱辘
在墙根处抵紧，睡得更沉。
而落叶，一直吹到郊外
跟随的人，仿佛再走一会
就会跃入天空，成为众多蝙蝠里
盘旋的一只。

什么时候能够腾身
在窗棂间变得更轻，或者
完全消弭于黑暗？
对时间而言，生命，还有死亡
总是如此简单：
一道画出的弧，即将终止的线段。

这么多嘤嘤叫的蚊蚋
围着灯罩，像是找到了一只
饱满的乳房
它们吮吸光，并且炙掉了翅膀。
在我的书页间
来不及清扫这样细小的魂灵。

恶作剧

——给白沙

在我今天，决定随意地记录诗时
花园就在窗子里
飞了出去，一棵榉树可能还想多待一会
就站在空气里，生长根须

我干脆置之不理
于是它，捂住脸和嘴巴
钻进了地铁隧道
我的房子绕着我奔跑，我拼命地

按住纸张，后来它翻了个身
我才发现那是张纸牌
黑桃皇后走下来后，留下了空白
命运真让我惊奇又失落

我的女儿，像一个糖人儿
站在一对音叉上喊我
我母亲的拐杖，在墙壁的夹层里
跳舞，我距离她们不远

也不近，我们中间
永远是虚无
一个天空才掉进大海
我就打算用黑夜盖住它

抚　摸

隔着火，他把手伸过去
像伸出一截舌头

一个坐在灯影里的瞎子
他的手掌已经蜕皮

在桌上印下了漆黑的掌印
——这正是不能说出的那一部分

群山在抚摸下迅速地塌陷
他摸到大地上的尖刺和羊群

乌鸦鸣叫的晚年

在一阵雷声中醒来
老妇人摸了摸自己幽暗的眼眶，闪电
也没有把那里点燃。
午后颠簸的瞌睡、乌鸦的鸣叫
再次在头顶光临。
来吧，到我头顶上趴窝吧
她诅咒：你这叫卖酱油的小伙！
一大片耀眼的光芒
把窗下的小叶栀子，脸色吓得煞白。
转瞬，雨点在土屋的屋顶骤响
仿佛土豆在车厢里滚动。
那年轻的声音
使她，禁不住偏过头去倾听。
她调试窗台上的一台微型收音机
一只蜗牛，两根纤细的天线。

在昆虫的世界里

一早上，你跟随一只熊蜂
在马鞭草的花蕊上起降。
你暗中嘲笑那汽油桶一样的身子
和那样单薄纤弱的透翅
但你从厚实的绒毛、几乎占据了整个头颅
的复眼和长吻中
感到了逼近过来，放大的恐惧。
你在五狗卧花中间又遭遇了
有如长筷一般的竹节虫。
它长久不动
让你无法猜透用意。
你转身，螳螂已经撕碎蝴蝶的头颈
正在大快朵颐
黄色的仙人掌花朵就像是早上的餐盘。
天色转阴，乌云贴近大海
但你似乎听不到海浪
只有莽撞、焦躁的兜虫，在黑松林里飞舞
砰砰地撞击树干。
而当你穿过颠茄丛
丝网破裂，蜘蛛
只好从那阴谋诡计的网中央逃窜。

你大腿不慎碰到的叶片上，几只臭蜻
也从叶缘疾速地爬过。
在昆虫的世界里
充满了埋伏、冷酷的欲望，以及悄无声息
血腥的暗杀。
事实上，你幻想变得更小
以相当于它们的体量
去进入危险的世界，遍历艰辛。
那比人的世界
也许更加简单、直接和疯狂。
对这一点，万能的造物主深以为是
它把如此众多的骇然生物
制作得尽量短小、精巧
如同人类世界里的玩具。

醒　来

五点钟，完全醒来
一个被梦填充、臃肿的身体
被理智的条纹睡衣扶持
衣领像一双手，托着酒醉过后
油纸浸润过一样的脸

乍浦港，他只记起昨夜
餐桌上的一条大海鳗
那深海里的东西，那么黏腻
如果在星空，它将是闪电
还是流星的弧线？

凌晨的杭州湾
一对硬腭依然紧咬平原
哦窗子，不过是一个破洞
玄虚又空茫，即便
那寄予厚望的天空，烟云流动
也恰似餐桌上，千篇一律的谎言

而他回到桌子前，墙壁
家具、烟斗与水壶，这些

平庸又琐碎的家伙们

立刻又围住了他——

如此地无奈，一个声音振聋发聩：

不写作，无法解脱！

西 瓜

它睡得深，蜷缩得紧
如果不去牵扯那条绿色的缰绳
它可能依旧会
眠卧在柔软的呼吸中
紧紧抱住，一团浑圆的睡梦。
但你要知道
它有充沛淋漓的活力，一具
有血有肉的躯体。

我想说它是一匹绿色的斑马
你当然不同意。
即便它满口褐色的牙齿，瓜叶
像结成绺的鬃毛
你也想象不到
它飞奔着，如同迷雾一样
虚化了的四肢。

事实上，正是想象力成就了这首诗
虽然，这更像是一道伪命题。
你怎样分切一匹马，是先画一个
十字，还是斜切出几个

椭圆的坡面？

那陡峭又惊险的日子，不停地嘶吼

带着加速度倒退

足以还原出沉甸甸的岁月。

麻　雀

麻雀，一只，两只
叽叽喳喳
在长满青苔的水面
捡拾枫杨的穗子。

它尖小的喙翕张
小小的嗉囊，一上一下地
蠕动，细细地
擦亮塘水的暗影。

麻雀，有时也会飞起来
不远，也不高
歇在伸出水面的枝条上
不吵闹，也不呼喊。

鲸鱼冲到海滩上死亡

躺在加工厂门前的草地上晒太阳，男人们
谈到了这个话题。死亡。像谈到天气一样正常
"五十个人也抬不动它。"
"也许……需要一百个人……但是
它弄脏了我们的衣服。"
从滚筒洗衣机里拖出来的湿衣裳，像是从鲸鱼腹内
刚刚掏出来的血肠
一件件，挂在绳子上。
晾衣钩、闪光的纽扣，和滴水的衣裳
依稀是鱼的嘴唇、鱼眼和鱼鳍。
晾衣服的妇女，鱼肉填充在后背和她们绷紧的臀上
她们的腹部带走了鲸鱼的脂肪。

蚯蚓穿过河床的底部

想想吧，一条大河
河水急切地搬运泥沙。逆流而上
鱼群，所有的河鱼鱼眼拧紧，鱼嘴与两腮张开
剪刀一般狰狞。
在旋涡中间，摇摆的水藻丧失了许久的勇气。
一些灵魂正在死去
背对流水，蚌壳在淤泥中孕育珍珠般的眼泪。
而在宽阔的河床底下，在更加黑暗
更深、更粗浊的泥沙里，一条蚯蚓正在耐心地爬着。
比起汹涌的河流，它盲眼
细小，纤弱得
令人惊心。一条蚯蚓梦想横穿过河床的底部。

蛇

蛇爬上贴近水面的枝干
匍匐向前
这神秘之物，用细小的尾尖测试水温
激起不易觉察的涟漪

蛇下到水里往前游
小小的头抬高，舌尖伸出
探测周围的空气

蛇的身子灵巧地摆动，每一根骨头
像回形针扣紧，在躯体内部
加速向前传递

蛇是我心里的东西
细小、悠长、异常地洁净
有着相似的月牙和花纹的暗影
蛇要游过河，到对岸去

水　黾

奇迹发生在细脚飞快地滑过时
微微下凹的水面
小巧的，几轮光的桨片倾斜
搁浅于神奇的星系：
你头部的倒影，额头、眼眶
和一部浓密的胡须之中
预言诞生之前
它必须走得更轻、更快
像智者的自由，挣脱表面的张力
醉心于铺开的一幅
亮闪闪的裙摆，丝缕中间的漏洞

鹪　鹩

朽烂了的柳杉和池杉
倒伏在水里。
在蠹木和腐渣之中
啄食，鹪鹩在歌唱。

在溪涧滩，乱石罅隙之间
穿行，鹪鹩在歌唱。
潮湿苔藓的褶皱，堤岸边的
泥埒，以及楮树溃烂的

孔洞里，鹪鹩在歌唱。
一盎司的快乐，它自带节奏
那小汤匙儿似的尾巴翘起
活泛，每次都适逢鼓点。

弹丸似的鹪鹩，飞不远
也飞不高，活着的使命
除了觅食，只有歌唱
始终贴近，幽暗低矮之所。

看起来，上帝悲悯

安全是为它卑躬屈膝的天命

极尽工巧，不惜量身定做。

但，这更像是一个笑话。

初夏的散步

你懂得这温良的畜生
处世的全部哲学。
它横穿农田过来，带着好奇
大眼睛宁静
透着无知与天真。
它用宽宽的前额触抵你，鼻息
喷洒在牛仔裤上。
它伸出紫色的舌头舔舐手臂
让你酥痒，不能自已。
瞧瞧那缎子似的毛皮，那背脊
弯曲得如此精巧，越过去
就能看见小河与麦地。
而它的尾巴抽打你
竟然有如许多轻柔的丝线。
至于蹄脚
更为干净、轻盈
即便牛虻叮咬后胯
那里也透着从容、坚韧
令人心动的震颤
血腥里的美丽。
这就是初夏

一种甜蜜的发酵

一头母牛与我

在乡间，小路上

构成了世界平衡的方程式。

微风，青草，露珠闪闪

光芒与灰尘，这些都不重要。

行走的羊

黑暗中的灯光
引导这些羊挤紧，向前。

羊的目标一致。
像漂流的冰块，羊的脸孔浮在上面
轻轻磕碰，并不慌乱。

羊向前涌动。
下坡的时候，一条河流突然变得湍急。
一旦羊往上走
河流便又开始凝重，河谷里
挤满了石头。

羊，终于踏上了我的眼睛。
羊的蹄脚略显紧张
禁不住微微颤抖。
而湿漉漉的羊毛绞结在肚腹上
使一条河流的纹理更深，也更神秘。

羊的蹄脚如此之轻
向前，践踏过我的胸口
竟然使我感到了前所未有的轻松。

害　羞

她叫害羞
名字，是我随口取的。

真是个尤物
脚趾圆润，甲盖上
油光可鉴。

腿呢，又细又长
可结实了，相当地
健美。

哦，屁股，饱满
有那么点儿
肥，微微上翘。

至于那，粉红的性器
在风中吹着
就像五月的杜鹃花。

背上，够光滑
绸缎一样。

脊柱的曲线

也像是刚刚，抛过光。
在草地上漫步
自信满满。

唯一不自在的是
我紧盯她的
一双大眼睛里，她害羞的

神情。当我抚摸她
潮湿的嘴唇
她又伸出舌头来

舔舐我的手
那粗糙，又细腻的感觉
让人发颤，发疯。

她三个月大
是村里最小的
小母牛。

鹿藿

你要像凤仙花果荚一样
突然扭曲、华丽地爆炸
还是扮演成小丑一个，噗噗噗地
射溅的喷瓜？
年轻时，我们把疯狂当成全部的爱。
现在，我老了，光头秃顶
也许是一颗炮弹果
习惯长久的缄默，也许还潜藏火，像颗
一碰，立刻迸裂的响盒子。
事实上，我比从前更加细腻
我的头发全长进了心里
需要你仔细琢磨。
你既不温顺，像老鹳草的草荚低垂
也不如堇菜荚的谨言慎行。
我见过你纤细的胳膊，用力拥抱
勒进了裸露的岩石，撕裂枯瘦的秋风
千丝万缕的思念。
来了，一顶缀满珠玉的王冠呈现
在生命最后一刻，诠释出绝望的珍重。

金丝吊蝴蝶

稍后小太平鸟会从高树上飞下
啄食鲜艳的果实，高高扬起的栗色
发冠，一双瞪得圆溜溜的眼珠
使你瞬间明白，愤怒的小鸟的原型。
而前一秒，蜜蜂沉浸在摇曳不定
的光影里，误以为你是旧时的老芳邻。
你不是蝴蝶，但比庄生的蝴蝶们更逼真
上帝的造物学，更像是玄幻的仿真学
此物到彼岸，坠入云雾的诗学。
我随手写下这首诗的诗题，但也许
你更加相信随之而来的，这首诗本身。
四片在空气中悬停的果荚，巧妙地
演绎了翅翼的平衡，而细若游丝
长长的、金黄色的蒂柄，小心地提着
美。自然的奥妙，仅仅呈现出单纯的意义
而不存在任何其他，牵强的附会，比如
此刻，诗人与之生命中的邂逅，也只是
提供了另一种可能。同样，这首诗
也可以是另一首诗：一种名叫
金丝吊蝴蝶的植物，吸引鸟类或昆虫们
为之亲近的食物，陈列在自然的

博物馆里，栩栩如生，蝴蝶的标本
但比蝴蝶们更惊艳，比时光更轻巧。
秋光的云梯，绛红的少女们手握金黄的丝线
冉冉下降，美妙得像一个不真实
不想醒来的朦胧的梦，在语言构筑的
诗镜里，诠释恍惚的逼真
把一个明亮、新奇、充满奇异幻想的
世界赐予你，从这点出发，承载无穷的意义

蒲公英诗人

正是灯火零落之时

人影与杯影在彩妆玻璃上渐次剥脱。

蹲在酒店马桶上便秘的房客

阅读报纸上的讣告

他抖动双臂，纸上留下大片的空白。

结束了，过时无用的文字

如同成堆的苍蝇滑下，迅疾冲进了马桶。

还有谁，迟迟不肯安眠

徜徉在睡乡的小门前，任由插销上的拉链条耷拉

吞咽楼宇与街道上残存的光怪陆离

为那个好胃口，深渊似的黑洞

消化现代文明。

真相仍旧需要从朴素的事物上找到源头。

当月亮与星子远离城郊，点亮黑暗的苍穹

更多的空白

在前方交替复制，虚拟不可名状的深刻。

一切物事都在其中过滤

无论松柏与荆筱、谷物与飞蓬

都不免黝黑粗暴，拥挤、混乱与琐碎

渴望找到田野中的位置。

小小的蒲公英，飘飘洒洒，渺若尘芒

你这样的诗人，如何在死后觅得一席之地？

穿过沼泽地

一年中的四个季节

我有大部分时间在这里，我有第五季

水洼、青苔、田菁、芦荻与水蓼

田鼠，还有水鸟，都是时间

我相信万物是一种时间，是标记

富有隐秘而独特的刻痕

我的老福特车总是跟不上我的靴子

因为我的心太远，一旦走进湖边的泥沼

它就会停下来埋怨，喘出粗气

而垦荒的农人放下镢锄，在手中玩弄

帽子的戏法，嘲笑它的无知

亲爱的，这有什么关系呢

你就趴在湖边，做一只结实的老乌龟吧

我当然会走得更远

风能走多远，我就能走多远

你看，我来了，来了，就这么来了

湖岸消失了，大海酣睡在远处

天色晴明，转瞬下起了大雨

消融只在一时，又在雨后还原

沼泽不断延伸，不断裂开

我仿佛走上一位思想者的脑球体

一边踱步，一边搜寻着什么

多少个日夜，犹如槽枥间烦躁的牲畜

不时地刨击地面，我们在等待什么

而年复一年，爬行于人际的网栏

活像一只只伺机而动的蜘蛛

难道唇焦眼枯，费尽心力

仅仅是为俘获精致的糕点

塞进喉底的深洞？

而对情欲毫无餍足地追逐

就像蛤蟆背上的癣疥，不时挤出毒汁

留下了无尽的忏悔与痛苦

还有什么，装扮成一只颇有教养的鹦鹉

举止得体，博得廉价的掌声？

是如何蒙蔽了心智，才让我们如此昏聩

谁又遗失了铜镜，不能照亮灵魂深处的黑暗

为什么不能在沼泽边缘种几畦甜菜

养一条土犬，和一群草鸡

坐在木屋里听听风声，过上简朴的生活

你孜孜不倦，翻阅典籍

勤耕不辍，是为毕生虚无的事业

却不知朗诵长篇累牍的诗章

不如去看一行飞起的白鹭

生命在于悠游，固守自我本然的渺小

这些高达一丈的商陆，假使上天

再给它一百年，也不会长成参天大树

但它如此从容，茎管里力的催促

结出了秋天的果实，而芦荻

在深达零点七米的水中，就此止步不前

一岁荣枯，在白头中安身立命

多么自由自在，多么舒服的无用啊

吐着泡泡的虾蟹和小鱼儿

数不清黑水鸡、潜鸭、䴙䴘

在水里觅食与嬉戏，拨动着水光

而苇莺的鸣叫，尖细、清冽

震颤的尾音，直接撩拨了心弦

不仅如此，每隔十米

黑线姬鼠就会刨出一个凸圆的小土堆

雨点巧为雕琢，这风中的埙阵

呜呜地和鸣，竟然吹奏出自然的乐章

而我长久地凝视一只青蛙的眼珠

看到了和善、安宁和坦然

成年的月神蛾没有嘴巴

不吃不喝，完成交配的使命

已经收敛石膏绿的翅翼，静静地死去

是啊，人生这样地短暂

何不放慢我们的脚步

我所受到最为深刻的教育，不是书本

是在这里，在这蛮荒沼泽地里

有时，我停顿下来

掉进看似浅洼的深坑

一片搭在泥巴上的青苔，下面
却是深及腰际的陷阱
而云，又有怎样的哲理？
当我长时间躺在沼泽的空地上
看到古奥而又年轻的脸庞
长满了触须，在拉扯，在扭曲
在粘贴，在拼合，我能读懂
云丛中淌下来的泪滴
一只蝗虫发力弹跳，跳起来
一根茎秆，露水滴落
你找到的却是滴下来的一粒草籽
长草之间，水蛇收起牙具
过上隐士的生活，兔子的消失
竟比滚滚烟尘，比日月都要飞快
这一切都让我顶礼膜拜
无限的循环，层出不穷的意外
昭示出造化的神迹
我只是沼泽中间的一个标点
当我寻觅，我是刻度
当我在未知又肯定的命运中终止
我将被衰草的扫把扫除
而我尤为珍惜眼前的机缘，体察并深爱
我与万物之间的相互磨损
我借助了你们，在尘世间站立
在高高的天穹下，沼泽

一只硕大的眼球上不停地游走

孤苦地徘徊，漂泊，终于

全部转换为无尽的喜悦

那浮漾的黄花狸藻、水葱、翠绿的菹草

以及摇摆的苇子、龙葵与青葙

并不因为繁多而分减存在的意义

恰是众生和谐的存在，装点了世界

完整的面目，我以你们为向导

感知到精神上的沉甸，如果向后

我能看到镜子似的湖泊

小山、松林，山道上

若隐若现的羊群，山下

静穆的村庄，但我不能搬运你们

放置于手掌……

倘若我一直向前，跟随水声

跟随水鸟、昆虫与闪耀的光芒

那近了又近了的，乃是自由的天堂

我一直走到大海边上

走到了波浪之上

第三辑

打烙

休息日

一整个星期都在抱怨，用一个窗台
面对日子，偶尔
会听到大海的雄辩，但是三棵云杉
撑住了天空

现在，缓和下来了
在早上的豆浆里，那狠狠地
加了一勺子糖的恨意
我甚至愿意去回访繁忙的津渡先生

当面粉沾上母亲的手臂，蜂蜡
涂满孩子的铜匙
这甜蜜得发亮的一天，有时
却想让人一下子死去

推着铁环的小孩

滚铁环的小孩推动铁钩子

铁环，从遥远的地方

推过来：大队、小卖部、洋灰马路

别扭的河湾

阵雨，冲走河滩的树荫……

嘌嘌作响

他已推上我的脚背

胫骨、胯骨，我的脊梁

我的后颈

我等着他停歇下来，一些东西

却在快速地塌陷

一转眼已是多年

他在我中年的耳郭上推动

他沿着破碎的眼眶推

他向我眼窝深处推，在我大脑深处

他终于停了下来：

一只黑圈，一个瘦小的黑影

打　烙

当我还是少年
在竟陵城南转悠
他们给一匹小马打烙

是怎样的岁月？
它拉断缰绳
撞垮了铁匠作坊的顶棚
它冲翻包子铺
踢倒了青菜篮子
它径直穿过树林，蹚过了小河

它被眼睛里无边无际麦苗的海洋吓得止住脚步

谁还记得那样的温驯？
他们在哄笑中绕着小河回来
谁又在使眼色，看你抽搐的屁股
哦，我的小乖乖
他们用粗糙的手指抚摸缎子似的脊背
捧起你的脸

又是谁在夜里流下眼泪

为一种严苛的教育、相似的命运

失眠至今

渔夜，和外祖父一起去捕鱼

贴着船帮放下网钩、饵料
船，在河道里徜徉，之字形地行进。

随着不断减轻的重量
船头翘起，马灯
照亮圆形的水域，水花细碎得
如同匾筐里摊开的黍米粒。我童年的记忆
有一道月光，河道两旁黑黢黢的松林
注视我，哭泣中掉下的尿迹。

我被你再一次塞进篷顶下
你弯腰走出去
背影，被月光扯直，又高又大。

半夜里
听到压低嗓子的吆喝
似乎是哭，是歌，呼喊不相识的灵魂。
我在叫声中疲惫地睡去
然而，又被舱板底下急促的噼啪声惊醒。
我惊恐地看着你，喘着气
拖出一个裸露着的人，人一样的大鱼

鳍，就像背上的头发一样披挂。
你举起棒槌，把它的头敲扁，一直敲打成
扁平的月亮……

九岁之前，我跟着你长大
你留给我的全部遗产，就是堆在船上的
月光、魅影、喃喃的咒语
和会下水的网。
从那时候起，我就是一条鱼。

胎　记

暮色随着泥水涌来
母亲握牢锹筒上的把柄和横档
仍在加紧掘开一条藕路

泥浆是身上的胎记
但是我们要尽可能地捋掉这些
战利品带上岸来的淤泥

寂静重新填回藕塘
摇桩的黑鱼放开胆子打尾挣扎
在淤坑里艰难地呼吸

而两双在藕段上滑动
在黑暗里不时触碰的手最终明白
要把这些莲藕连着泥巴带回家

铃铛

铃铛是一只待擦亮的灯
在暗夜里静寂地悬挂。
铃铛要穿透风
走远。

在被子里，铃铛只会被淹死。
在钟表的容器里
繁复又精密的零件，芯子、齿轮或者链条
维持秩序，期待某种偶然。

但在大脑深处，这些都算不了什么
铃铛，不是问号
只能下垂为一个惊叹。

偶尔，我也会想起更为久远的过去
洋灰马路，提着小油漆桶子
弯着腰，粉刷木栅子门的老校工
篮球框子
眺望着的操场……

一瞬间，粉笔突然在黑板上停止走动

人群向外涌出。

而在校舍，村庄之外

广阔的平原上，田野里的棉桃密密实实结挂

一夜之间全部炸开

喊出一望无际的松软与银白

交湖渔场

你，十三岁
说不清缘由
执意地要骑上一辆自行车
去邻县交界处寻找父亲

四十公里土路
陌生的风景，随着口音变化
最后的树木和田野
在水天茫茫里彻底抹除

越往湖心深处进发
水塘埂愈发狭窄

水，千百个闪耀白光的池塘
围拢过来喊你的名字

而最终，你不得不遗弃自行车
独自进发，直至天边
那些骰子似的灰影
呈现出鸭寮与草棚本来的样子

凭着一往无前的冲动
勇气和直觉
天黑前，你竟然准确地出现在
那个熟悉的身影面前

一时间默然无言
父子俩埋头点火起爨，生起炉灶
再后来，咀嚼与吞咽的声音
也为风声与水声淹没

父亲的无言是因为他的下放
落魄与隐忍，也许
还有愧疚，而男孩子的沉默
是因为天亮他就会长大

裁　缝

他是什么时候来家里的
我并不知道。
小巧的挑线杆，不停地点头
在老式缝纫机台板上
他趴伏身子，手指顺着送布牙
推动布料，顷刻间推出了
一长串细密的针脚。
继而，我又看到橡胶皮带
转动的下带轮，一只脚踝扭转的
大脚，飞速踩动的踏板。
家里请了裁缝师傅，母亲说
你去缝一下书包带子。
他从机针杆底下捋出线头
麻利地剪断，又从旋转梭床底槽
取出梭壳更换，这才抬头
接过书包，对我和善地一笑。
拿起剪刀，他麻利地卡掉
早已松散的白色线段
那还是上次，母亲用纳鞋底的
绳索缝上的。
而后机针下的针脚

就像细雨润湿地面一样

把带子和布包，密实地缝合。

看上去，暗黄色的线带

浸入黄色的书包布料

仿佛它们本来就是一个整体

只不过经过他的手

得到了重生。

吃晚饭的时候到了

我又看到他，取下靠在边架上的

撑拐，一瘸一拐地走过来。

身架不高，像个孩童。

他有一个压向脖子，隆起来的

驼背，而屁股

则完全歪向身体左侧，右膝盖

向内别，连带右脚的脚底板

也侧翻了过来。

这是一个身材矮小、用右脚内侧走路

歪斜的残疾人。

菜式简单，萝卜、大白菜

煎豆腐、一大碗咸菜。

当然，还有一条鱼

按乡下惯例，每顿都会摆上桌子

但是宾主都心知肚明

只有在客人最后离开的那天才能下箸。

我看到他吃得很慢

小声和祖父交谈。

一小杯水酒，似乎永远喝不完

每次都只是轻轻地一呷。

也许，这也是他难得的休憩与放松

一种消遣的趣味。

但对家里来说，年关迫近

曾祖母的七十寿诞即将到来

家里笼罩着忙碌的氛围。

渐渐，他们的头凑在一起

似乎在商议一大家子人

所有布料的用途。

而我还来不及听完

就被拉进厢房，一边忍不住抽泣

一边使劲地往嘴里扒饭。

我惊叹于他的魔术，完全有别于

母亲套在指节的顶箍

和针线笸箩里的全部家什。

裁切下来的布片

无一例外地光滑、平整

被均匀、细密的线脚缝合

最终缝制成莹光流转的新衣。

我甚至怀疑：只有那样的

脚，那样的脚内侧

才能全速地踩动踏板，完美地

启动整架机器。

就因为这奇妙的手艺

我忍不住插嘴：孝堂师傅

您身上……这套合身的衣服

也是您亲手办置？

当然是啦，他满面红光地回答

没有我做不出来的衣服！

是的，在厢房里，母亲用筷子

狠狠地抽我，抽我的嘴。

为我年幼无知，脑子里的联想

与好奇，以及不知避讳的心直口快

付出了成长应有的代价。

但很快，我又被更多的新奇吸引

完全忘记了阵痛。

他吃完饭，并不休息

而是一瘸一拐，直接走到用房门板

临时搭就的布案前。

尺子、角板、粉饼，交替使用

我看到他在布面上

画出直线、斜线、直角和圆弧

留下各种好看的印迹

而剪刀骑着线，咔咔咔地

又剪下来一块块布片。

这又是什么奇妙的原理

经过大脑精确地计算

才能把新衣，一件一件地

缝合得如此贴身又得体？

一个孩子，我终究是在懵懂中

看他大显身手

不明就里地进入到夜晚

晕头晕脑的瞌睡里。

三天后，我们吃到了那条鳙鱼。

新衣服整齐地叠在案板上

熠熠生辉，仿佛一下子

照亮了整间屋子。

剩下的边角料与布条

也被拾掇在一起，捆成一团。

没有丝毫浪费的理由

我看到他对着我母亲在微笑。

日子精打细算，这些都会成为

母亲做布鞋底的垫层。

他的儿子和媳妇高高兴兴地来了

高高大大，长手长脚

用拖板车拖走了老式缝纫机。

而他一瘸一拐，不慌不忙

跟在后面，居然还抽上了烟。

原来他也可以这么惬意

可以拥有孩子

拥有这么完美的一个家。

但我因为此前的教训

只能把种种疑问深埋心底。

真是难得，四十年后
在异乡途中，我又重新梦见了这些
那温和的笑容，红光满面
充满自信的回应。
再也不需要去追问谁的生活了
所有抱残守缺的一切
都在来路。
你好啊，孝堂师傅。

万马桥

盲眼的穴居鱼
在篾篓里竖起身子呼吸，并不叫喊。
它们身上逐渐暗淡下去的荧光
仿佛最后的挣扎。

多年过后，入海口边上的耶稣会教堂
呈现出另一幅景象
人群，像喀斯特溶洞穹顶下的
石钟乳一样兀立。

生活就这样继续展开。
忽然苏醒，人们涌上海滩
在灯帽海蜇一样的伞盖下畅饮啤酒。
废品车，拉走证券交易所门口的空水瓶。

那时候暴雨停歇，马群隐入逝去的洪流
卵石在河床上重新裸露。
而乌鸦飞向对面的山谷，仿佛身下
一条看不见的滑索颤动。

你的女友早已换下湿裙子

生起了烟火。阳荷切开后的新鲜瓣片

魔芋豆腐的骰子丁

像一群，来到砧板上的小朋友。

放生桥

月亮像一尾小白豚
酣睡在水里
它也许会滑入
桥，和桥的倒影的
圆孔之间

石头罅隙里
灌木掉完叶子
剩下的光杆，熠熠生辉
仿佛指尖
还残存着白昼的光热

我走在桥背上
听见了风声
两岸，屋瓦也开始滑行
神秘的灰色滑行
我的心脏是一座小庙

新来的代课老师

雨中，她踩着水洼中的气泡独自回家
雨像粉笔灰一样落下

当她停下来思索
一面镜子便开始抖动，仿佛疑问
就是迎面而来的一座小桥，一个在风中
吹得拱起背来的问号

而她的背影走动，就像一块移动的黑板擦
一生的事情就在瞬间决定下来，问号
变成蹲在发丛中的小鸟

斧子的技艺

——献给石自红老师

那是二十三年前的丹江口
下辖的小镇
在山脚下隐居的老师，第一次
带我上山砍柴。
树木蓊郁，遮天蔽日
走了很长的路
才走到山顶。
而他随手，就砍下一根
碧绿的松枝，示意我
拖下山去。
那样地武断，漫不经心
使我在日后漫长的生活中，几次
嫁接场景
偷偷地失声痛哭。
我记得他随之走到悬崖边上，站定
缓慢地摆弄斧子
向左，向右
向着虚无的天空，凝神劈下。
多年后
回忆那一天上午

我能记起开裂的峡谷、飞渡的流云。

但直到今天

我才看清了斧子

迎着光芒，从容地挥运，稳稳地

劈开了微尘。

那淌着绿色汁液的伤口

根本无须包扎，也不需要眼泪。

棉纺厂铁事

窗子会沿着楼梯爬上去
嵌在墙壁合适的位置。

隔着几幢楼，烟囱知道一切故事。
它随风改变侧身而坐的姿势
和路过的云朵谈心。

一个不会游泳的救生员
永远的铁短裤。
夏天来了，才会漆上蓝白条纹。

他打铁
用纺织厂女工的搪瓷盆碎片
打出广玉兰的全副盔甲。

那棵树从未做出过鱼跃的动作。

我们往宿舍楼的楼顶丢石子
更希望
落在女孩子们的床上。

早晨，厨娘端着一盆煤球出来
对着栅栏外大喊：
世风变啦
把你们的私生子统统领走。

夜晚，总是饥饿的
二十岁
可以吃掉一扇燥热的铁门。

年轻的姑娘们
上半身倾出窗台
一双双手，把月光洗得哗哗直响。

在阳台上看球

有时候，孩子们分成两队

在球场上追赶着

厮杀

胳膊与胳膊相撞，手掌

噼啪地碰响

如同强烈的太阳光底下，一束束

细细的钨丝乱晃

有时候，短暂地安静

只有一个孩子站在罚球线上

一个

所有的人都望着他

他低下头去，使劲地拍打皮球

然后，伸直头

举起手臂

样子专注，仿佛那前面不是一个洞

而是一个开始

一份伟大的事业等着他去完成

有时候，他们不吵也不闹

围成一圈，坐在

油漆区、球场边线和篮球架底座上，喝

可乐、矿泉水

谈论着什么

脱下来的衣服、空瓶子

随手扔在球场边的草地上

有时候，来的人少了些

他们中间的一个，发现了我

就会对着阳台上喊：

嗨——老胖子

下来玩一把……

接着

是哄笑、唿哨声

和低得听不清楚的，可能是

更俚俗的

下流话

而我总是在这个时候，悄悄反回身

走向办公室

他们不知道，我暗藏喜悦

我把这看作是

生活，对我最大的奖赏

杭州湾畔

窗子自由自在地走动
只要它愿意，就会在山坳
或者海岬停留，观望。

海水浑浊，但是显然更有活力
每一次泅游过来
它和大陆击掌，那震荡
都让人血脉偾张

而岛屿不只是风景，还是记忆。
云朵像羽毛一样轻盈地飘走
艰辛的，淘螃蜞的人
始终深陷于淤泥。

傍晚，铁锚抛下
垂向深海的眼睑，水手们三三两两上岸。
这是响指，轻佻的口哨，鲜花
和铁皮板房的故事。

有人抱着油纸袋包裹的水果赶路回家
昏黄的灯光下，像是

点燃了一堆蜂窝煤。

有人在码头长长的栈桥上喂食
猫，像黑暗的手指
在琴键上跳动。

所有的水手最后都会在歌声里酩酊大醉
卷入搪瓷缸子里的涡流。

也许，还有孤独的
一只瓶子倒在桌面，一条
小小的运河
想带着空洞的迷茫继续去远行。

没有人去抱怨生活
他们自得其乐。
像是依然浑浊的海水。这一切。

天亮了，绿格子头巾和外套的浙北妇女
重新在田间不知疲倦地劳作
仿佛田野里的几粒糖果。
汛风又来了
它们要抢着收割一茬茬的作物
和牲灵。

窗子仍然停留在那里，或者
在走动。

在密云水库消暑

如此慢下来的生活，足以令我满意。

看不到火车穿过平原，就看青虫在树叶上爬吧

上不了网，就看蜘蛛吐丝吧。

一宿一场小雨，醒来时在鱼刺上撕破鱼皮

竟然感到了云腹摩擦山尖时的隐隐雷意。

而这么多悦耳的鸟声，同样

也不需要按小时计费。

白昼像一汪碧水漂着，但我只愿攫取其中的一滴。

作为一种放大了的闲逸

我可以在水库的大坝上悠闲地散步，并借此

继续观望与感慨

如果往后看，那是 1958 年数以万计的民夫同时挥汗的场景

如果往前看，则是忙碌的北京城

天子与庶民，均取一瓢饮。

谒萧景墓

——致育邦、臧北、苏野，并呈米丁、雨来

出现在这首诗里的事物最后都会消失
只有这首诗
将会证明永恒。

就像无穷的加法继续演绎
沼泽地里，摇摆宿年的芦苇、红花蓼、一岁的水葱
和无尽的风，包括午睡时分
从大脑里溜到原野上的积雨云，书生们
肚腹里裹藏的菜汁与意气……

是的，全部
全部的总和
那些原型在一时之间多么可疑，而广大
愈加接近于一个零。

南朝的工匠们在谢世之前，会在刀口上
精心地剔去时间的腐肉。
当他们离去，那些熟悉的名字，听从宇宙里的呼喊
在空中纷纷丢下衣裳。
而石雕的辟邪，解开胸前的绳索

一千多年来，仍未挣脱大地的底座。

此刻，乌鸦的阵阵怪笑
引来雷霆里的回应
南京郊外，所有的草木积满雨水，哑口噤声。
你，你们，脸色铁青
搜索肚肠，字斟句酌，从柔软唇吻中缓缓吐出音符……

一切不过是徒劳
迎面而来的全部消融。
在我书写此诗之前，我已经死去
在与你们此生相遇之前，分别业已造成。

与雨来进入湿地

没有工业和农业，苦难
一个单细胞，也没有类似我们的文明
进一步加以复杂地改造。
简单的自足，一如捕鱼后回来的野鸬鹚
歇满白杨树的枝条。
缠绕沉默的石头，某种艰辛
与痛苦，要直面刺梨长藤上的尖刺
才能掰开腹中的酸涩。

即便这样，也要远离那些人众
虚妄的楼层、发臭的垃圾与谎言。
没有谁像红杉树的叶子
更加性情。没有谁
像白腰草鹬一样文静、悠闲地迈开步子。
没有谁学会，把他的手
连同他的心，一齐按在经书的封面。
我要你相信流水、白云、落日
与仁爱的土地，而我向往死在荒僻的路上。

卡琳巴之夜，听小天演奏

有时会想起那样的夜晚
卡琳巴，橘黄的小鸭从毛毯里钻出来
那样闪亮的琴弦。

琴声淡下去之时，听到了风声
从山脊上刮擦下来。
一座大山就像黑熊一样，在窗外耸立
仰望着星辰，厚重、沉着。

蓝鹇的鸣叫，清晰而晶莹。
已而枝条在雾气中静止
月亮在我们的影子中间升起来。
卡琳巴，橘黄的小鸭，蒙着细纱。

登高阳山

是在秋天
趁醉到达山顶。
一缕跳起来的云，在交谈中变淡，消失。
因为哀伤，龙葵的果实
愈发鲜艳。
然而我记起过往的岁月，就在枝条
弯折的瘀瘢之中。
天色已晚，我们的狗
在膝下转圈，呜咽，仿佛脖子上
缠着无形的绳子。
河水一如既往地平缓，但是蕴藏暴力
等着将我们冲入大海。

梗 园

——诗呈徐见平，兼示周全良、米丁

小小的菜粉蝶薄暮的灰
梗园里的假山
如同洗净后，拢起的枕巾。

雨珠的晶亮弥足珍贵
短暂失联之后，在树根处聚拢
相拥着啜泣。

那么多开关线扯断
才拉亮一轮明月
多少次海潮扑向窗台，想亲吻灯火。

还有爱，就还活着
像白丁香一样，身子虚弱
飘浮在柔软的香气里，而心里
撑着十字架。

后河，一次森林旅行

清晨，骑马前往原始森林
艰苦的跋涉
触及骨头深处的疼痛，骨架
已然摇松。
正午，在河谷安顿
我表哥解下鞍鞯
给马打来青草，草帽扣在脸上
躺下来休息。
我抱来柴火生火
搪瓷盆子里的麂子肉嘟嘟地翻滚
狗巴望着
流出了口水。
是的，这些肉都可以给它
我愿意取悦这个世界上的任何动物。
只是，将要加进去的
青菜是我的。
我既不读书，也不思考
有时，会让风
再把大脑吹干净一些。
自然教给我的一切
迄今为止，仍然是最完整的教育。

是的，我像牲畜一样驯善。

如果还有闲暇

我将继续观察苍蝇

像许多年前一样，对此迷恋有加。

它在圆石、草尖、水壶盖上

和搪瓷缸子边沿

逡巡，翅膀透明、轻盈

毫不费力地飞行。

它使我想起一位古代的侠客：盖聂

轻易放弃了功与名

最后不知所终。

仁 爱

鸡大腿应该给孩子们
因为他们吃了好长身体。
鸡脯子肥美，给妻子
因为她操劳这个家，需要滋补。

鸡脖子和鸡脚给父母
因为他们老了，就快死了
没必要浪费好东西。

——真实的场景是父母吃着鸡腿
孩子吃鸡脯子
妻子的盘子里架着鸡脖子和鸡脚。

而他，坐在那里一动不动。
他在想象伸过来的一双双筷子
怎样把他的身体拆开
吃掉，连头也不要剩下。

礼拜天

除草，浇水，修剪枝条
忙碌了一早上，她走过来
咕嘟咕嘟地喝完汽水
放下杯子，接着去修剪花枝

为某种欢欣的力量所支配
她顽强，劲头十足
我能看到她鼻尖上沁出的汗，脸上的
光，仿佛两块黄褐斑
也只是激情燃烧过的痕迹

没有什么能够阻止一个女人
去建设一个家，去创造
美，对着生活欢笑
新的花插，将沿着楼板逐级摆放

事实上，每个礼拜都像一部楼梯
当她爬到高处，我就会想到
罩裙内，切除不久的乳房
我的妻子，挥舞着的
空荡荡的手，还是会让我有一丝难过

祖母的忌日

祖母从神龛上走下来
轻易地穿过了我们。
她轻手轻脚，参观每个房间
并且扶正了蛋糕上的樱桃。

像她生前一样
我们拥有幸福的生活。
一把香菜，平静地搁在碗口
未关严的龙头淌着水滴。

不仅仅是这些。
下个星期，中秋节来临
我们会集体去动物园
父亲，将抱紧最小的孙子。

而我们待到很晚，在草坪上
玩扑克牌捉强盗的游戏。
直到节日的焰火点燃，一瞬间
看见整个家族狂欢的血。

今天，大人们脸色落寞

孩子们挤在一旁吃喝，满嘴奶油。

祖母和胡桃树握完手

不说再见，回到了光的中心。

埋葬祖父

在这件事上没有争执
更没有憎恨。
父亲和两个叔父都选择到高坡上去挖土。
天黑下来，绕着垒得又高又圆的坟头依序转圈
似乎都很满意。
回来的路上下起了雨
大叔为父亲撑起伞
而小叔叔则在后面提醒两个哥哥
小心，别掉到麦地里去
听起来，甚至，有点像讨好。

在窄小的田埂上
他们回忆起小时候的事情了，一连讲了好几个笑话。
只是父亲年纪也大了
他插不上话。
他在田埂尽头停下来抽烟
风很大，小叔叔埋怨着说，哥，你少抽点
大叔也随声附和
但他们还是为他用手拢住了火。

拐上大路时

父亲好像想起了什么，他解开裤子小便，说

以后每年都要到"大大"的坟上培土。

那当然，两个叔叔说。

看起来他们真的很高兴

他们一起站到了路边，齐刷刷地撒尿

他们还微微摇动身子

把那些热尿尽情地送到了麦子地里。

回乡下上坟

说什么好呢
死亡那玩意儿，迟早是等着我们的事
"锄头柄终有一天
要短过日影。"
我祖父说这话的时候，从不避讳
他总是把锄头，在地上
顿一顿：

"那就是回家。"
听起来是兴奋的事情，好像
很多人去赶场，有一个热闹非凡的
地下集市
用一个冬天理发，春天
绿油油地
从地面冒出来，扑入我们的眼睛

你看，杏花林里飞去
一只菜粉蝶，枯干的花叶芦竹下
跑过矮小的鹌鹑
小河哗哗，细数经过的人影
刀刃磨得雪亮

虚幻也罢，实景也罢
世道人心转换，莫不如是

而我们送去了纸马、香烛和花枝
像提早还清了债务
"够他们花费一阵子了。"
从前，祖父夹在我们中间
现在，预言已经在他身上应验
我老迈的父亲，推到了

嘴巴的位置
离祖先最近的人启唇说话：
"这下可不用愁了。"
他一张口即如神授
话音刚落，马上变成了锄头柄
飞舞着
揳进理想国的地皮

而蒙蒙细雨
适时地到来，突然加入了
行进的队伍
这使队伍感到了前所未有的喜悦
说什么好呢，摩肩接踵
摩肩接踵，更加紧凑
也更亲密

和弟弟吃晚饭

停电了。
在不易觉察、短暂的停顿之后
我们放慢咀嚼，压低了声音。
这并非是简单的教养问题，而是因为此前
过于激烈的言辞，处境
和不同的道路。
生活造成了这一切。
我们彼此没有看到对方身处的黑暗。
现在，在同样的黑暗
黑夜里，我反而看到更多清晰的你。
你在码头上对着渡船蹦跳，拼命地挥手
迎接我拿着录取通知书回来
在突然降临的暴雨中和我拥抱，流泪。
然后，你辍学
学会喝酒，在麻纺厂的铁脚架上
一个星期踩坏一双胶鞋
抽烟，早恋
在水果摊前，拿着西瓜刀追赶嘲笑的小流氓。
你早就不吹笛子了
一再的贫穷、沮丧和自卑之后，尊严
最后只剩下匹夫之勇。

接着，生活又有了变化

你重新上学，毕业工作，结婚，初为人父

离婚，再结婚

你脸上的清澈呢？日子反复无常

像是接踵而来的笑话。

你沉闷、狭隘，苛刻自己、节俭

对我花钱的态度向来颇有微词

却不知那些东西对于身后了无意义。

当我和一帮朋友，菜贩、叉车司机、倒班工人

划拳，东倒西歪

你感到不可思议……

你的骄傲，甚至变成了愤怒。

你不知道，你本身

正是他们中的一员。

无论是羊圈里的灰尘，还是供桌上的灰尘

最终都要回到大地。

同样，你不能忍受的文字

我的文字，那正是我的黑暗

连着你的痛苦的黑暗。

但是，无论如何

你始终关注着我的衰老、疾病和苦痛。

每一次，在餐桌上举杯

激烈争吵，母亲都带着微笑。

从她身上掉下来的肉块

漫长的经历使她明白，正在延续

她的肉体和心灵。

你看，灯亮了

在母亲面前，在桌子下面

我们默契地伸出两只手，又握在了一起。

灯光如水

似乎没有一丝波澜。

我突然记起来，有一次我们去水库游泳

脱光衣服，兴奋地跳下去

镰刀割伤了你的大腿。

我背起你，朝着村子里简陋的卫生所狂奔

在疼痛和死亡的恐惧面前

我们都忘记了穿上衣服。

献　辞

——给母亲

我愿意为你献上
香菜，还有这些切碎的芹菜
厨下单调的声音。
母亲，我愿意为你献上
砧板上的洋葱、切破的手指
空气和回忆。
亡灵在天上看着我们，避开了盐
与烟火。并不吃喝。
我愿意再次成为你的羔羊
在天空下
跟随你，哭泣，啜饮。

隔离房

你需要一片试纸
一小块呕吐出来的蓝，刮擦出来的
划痕，检验胃壁上的焦虑
忧郁的炎症。

纤细的蜘蛛，仿佛
脑海里，守着牢笼的衙役。
而鬼鬼祟祟的蚊子
狭长的口器，搁在街衢
将恐怖的梦境放大。

在我的地板上
月光有漫长的迟疑
那里不长蘑菇，只长钉子。
一只白皙又瘦长的脚
缩进挂钟的筒裙。

在父母家

饭后似乎更容易疲倦
父亲靠在沙发上，打起了呼噜
母亲在打盹，只有挂钟
还像小马驹蹄子蹦跶

我在厨房里清洗餐具
洗得很慢，不自觉地回忆
水流亮晶晶的
我确信再没有一丝污垢和油腻

窗下，青草绿得眼睛生疼
两只蝴蝶，深深浅浅
阳光挪到手臂、餐具上
一大片金黄，轻得令人惊讶

一把洋铁皮喷水壶

阳台上的花草已经枯萎。
一把曾经左右逢源、顾盼生辉的喷水壶
也已锈迹斑斑。糟糕的是
它的脸上，好像被谁狠狠地踢了一脚
凹陷下去一大块，那种长久痛苦的神情。
在悄无声息之中
生活的轴向推转，仿佛
那每天喷洒出来的鸟鸣，蜜一样的阳光
清亮的水流，一下子都幻灭了。
伴随着海潮声浪的蓬勃生机，杭州湾
清晨微风里送来的馥郁香味
全部消散了。
几个月来，父母先后感染上流行疾病
生活的需求
被迫压缩到了最低的限度。
他们畏寒、怕光，躺在床上忍受疼痛
咳嗽，拼命呼吸。
仿佛他们枯萎的花园，搬运到了肺里。
而一把喷水壶，将不再悬空走动
洒播生机和魔法。
在阳台上，它孤寂地坐在一角

像是在等待漫长的黑夜来临，星星们
最后的问讯和审判。

两个我

我母亲只生下过我一次
我一生要写两辈子的诗

在酒精里我与我搏斗
在镜子里我伪装死去

肉体在床榻上忍受鞭笞
灵魂却轻轻跳出了窗子

我在扉页上开始
在封底与我巧遇

一百年前另一个我替我活着
一百年后我替另一个我去活

我活着是为了见证我的多余
我死去后人们会传说我活着

第四辑

繁星流泻

清　晨

繁星流泻未尽
山峦与无限的葱茏，已经就着曙色书写
宇宙在某一时刻创造的圣迹
被我的眼睛重新创造

这溪水、鸟鸣、苍蝇薄翅上掸去的露水
崖壁间苔痕的绿火、浮漾的微风
初生的叶芽在清晨缝合的寂静
丰富得令人惊讶，但不承担任何意义

四十三年过去了
我仍然会为生命的馈赠激动莫名
就像一朵云偶然经停山谷
千百枝木香花头攒动，颤抖着回应

南北湖山庄

布满灰尘的窗子，昏黄的落日
正在蒙蔽我们的心灵。
卡车满载货物蹒跚着上山
和下山的羊群擦肩而过。

藤架铺展开的岁月里
孩子兀自吹着彩色的泡泡。
而谢顶的中年男人，在旅馆的浴缸里
笨拙地捕捉滑溜溜的肥皂。

风，欲言又止
树叶短暂翻动，之后抖落果实。
夜晚的舞台即将开幕，湖面
蓄满悲哀，静候月亮之匙。

远　方

群山铿锵，砰然作响。
三个少女顶着陶罐
河流的时光拖长。
一匹红马闪耀鬃毛
打着响鼻，在秋光中奔跑
锃亮的头颈、肩背，闪光的臀
像一柄音乐流泻的大提琴。

塔尔寺晚眺

无边无际的夜空
传送风，向亘古的宇宙边缘传送
伟大的无形。
如信仰之白塔
人类，幼小的灵魂
在岁月的胎息中
静修，亦不能完善自己。

整夜，星星们在山头上徒劳
修补永恒的经卷
砸下一颗又一颗铁钉。
人之所以孤独
在于蒙昧之心，在腐烂之躯里生长
于尘埃中聚合
上升，消失于微小之物。

凉亭桥

梦中，上升得很快
我从云层里丢下了衣裳
欢娱过后
雨把枝上的梨花悉数打碎

醒来后，发现醉卧在袍子里
既没有姓氏，也没有名字
古老的拱桥上
风火轮转得飞快

亭子，亭子也不是我的
它有底座，有顶盖
四壁是风做的墙，四条腿
永远奔走在石础之上

但是每个人都回到了自身
假山、池塘，或者是一根桑条
只有一只摇摇摆摆的小鹅是我的
心里明亮的事物

小风景

——与芦苇岸、雨来、闫云龙饮后作

天一阴，就会关节痛
总有几团树荫
清洁工也无法扫除干净。
一个国家在里面低垂
仍然没有睡醒。

而国王，在溢出的
啤酒花里出现
顶着冲完浪的厨师帽。
夏天的洒水车，盲目乐观
把水箱拖出了城区。

骑鲸的人云游回来
悬浮在低空。
他和跳房子的小姑娘
隔着景观墙相遇。
未来的不可知，各持一端。

在小镇上消磨光阴，读书
带隐疾的一生

需要经常吃药，学会宽容。

喝完酒，有人会拾起

掉在脚下的无花果，匆匆还家。

鲁山夜饮

—— 给永伟

厨师赔着笑，满脸的褶子
仿佛要磕出一地芝麻。
灯光，浮游的鱼群张开嘴巴啜饮。
桌子上堆高了的幻象
像密密麻麻、红绿的坟。

你喝醉了，摇头的都不是庄子。
但你还记得现实
从怀中取出降压药来服下。
现实是夜雨骤降盆地
你坐在井里，仍不能置身事外。

小　镇

黄昏，下着雨，又停了
轮胎轧过一群荞麦的尖叫
柏油路面上，慢慢爬出的亮点
一阵风吹过，又全部熄灭

天空、穹顶、压低了的弧线
一排小小的窗格、麻雀
像砂轮那样溅出，卖花的女人
拎着惨白的花束

沿着运河，树枝拼命地摇晃
驶入港口的货船，触到了胃壁
有人敲碗，有人走进角落
在黑暗里吃，从他们的脸开始

快雪时晴帖

庭院深深，我们在雪泥上寻觅
爪痕的信息。
面容古淡的鹡鸰，微醺的
酒红朱雀，和背对着纸片儿似的月亮
胸脯上墨痕淋漓的猫头鹰
站上了松枝。

条石代替了镇纸，亭子
代替了井盖
花雕的坛子已在雪地一角钤印。
几点寒鸦的墨团，偶然受惊的椋鸟
与我们交谈远山的秘密。

鹅，突然哗笑的鹅
从一个昏聩的午睡中醒来
脖子与喙拉直
短小的腿，在枝干虬曲的老梅下一字岔开。

在晚年漫步

——给长瑜

松林背后，灰暗的房屋
像一粒巨大的酵母。
夕阳斜掠湖面
仿佛拖着受伤的翅膀。

我的狗拉着我的晚年。
它年轻，不谙世事地呜咽
因为暮色降临，脖子上的毛
警觉地竖起。

像所有可笑的人一样
最后只剩下可怜。
我穿着斑点睡衣，仍然在松林间游荡
迟迟不肯归窝。

而松涛回应阵阵湖水：
保存点尊严吧。
书不用再回去读了
终老，也学不会点石成金的本领。

生命从一根手杖开始僵硬

那枯枝，既不曾画出沙上的宫殿

也不会站在酒杯里发芽。

它只能越来越像从腐肉里钻出来的独角尖刺。

猇 亭

浓雾被曦光抖索的手指揭开

出现的一片小树林

和亭台楼阁，都被日光点亮。

我大概知道那边缘最后

会是澄碧如练、一条沉寂的江流。

历史，曾经在这里拐过一个弯。

但此时，我身旁只有一棵

白籽灼灼、同样站在晨曦里燃烧的木梓树。

骒马紧张地跑开，一匹儿马

讪讪地踱步过来，使劲地嗅我的手指。

它们仅仅是作为一种道具

现代营销手段的存在。

在我脚边，瑟瑟荒草之下

枯骨、兵火业已寂灭，那血肉之躯里

无与伦比的勇气和激情，某一时刻

亟须兑现的价值观，随风而散。

凉水河

——致高岭

名字符合心意。
对于整夜沸腾、清早平息的蛙鸣
对于黎明前的闪耀，漫天繁星的消失
对一季愤怒开放的花朵和一夕散尽的烟花来说
都是如此。

种种隐喻冲刷倒伏的水草，河面上的伤口
拉得更长更深。
当大鱼深陷在泥沼之中，用松木桩子上的树皮
和煤渣磨砺牙齿，喋喋不休的布谷鸟
却在岩浆冷却的废墟上回应。
但那不是全部。

河水的下方，还有一条暗河
日子下方，也有一条暗河
有时候，它们恰好在掌纹下交会。
在深处，河水从来都是冰凉的
这才是命运。

甘棠树

——诗呈育邦、臧北、高焱，兼示米丁、张典、苏野

美德就是缺失的那一部分
在典籍里躺平。或许又诞生出一个煎雪
的愿望，出于对故人的怀念
和对德政的向往。在拦河坝上濯足吟诵
乘凉的汉子，突然用古吴语和歌
中气充沛，未有丝毫的忐忑与犹疑。

沿着运河敞开，密布的码头和埠口
无声地陈述曾经的繁华。
荷叶田田，细小的鳑鲏在空白处游弋
大眼骨楼，青白的身脊愈发纤瘦。
一种显见的克制，现代人用药水瓶
插入垂柳的躯体，避免柳絮病理式的疯狂。

那里有一口古井，在深巷中间
幽暗的水面上增设了网格，禁止使用。
一间废弃的巡检司府衙，一棵
抓牢了整个邵伯古镇根基的甘棠树
在磨得光可鉴人的石板街，泻下浓荫清凉。
没有风来送远，历史是否可以预见未来。

捕杀翘嘴

—— 给全良

凌晨驱车前往水库
吉普车在树林里停下，像蝗虫一样
喘气颤抖，然后熄火。
水面，一度平静
一颗孤星在天幕上闪耀
而后水光乍起，被风刨得更加光滑。

对人来说，鱼只是我们的幼年
即便水面骤然炸响……
是的，翘嘴
它们狡诈、凶狠，正在合围
驱赶、捕杀更小的鱼儿。
那一阵血液里的搅动使你激动莫名。

但在幽暗之中，你的心思
更复杂，也更加沉稳
专注于每一次完美的抛杆，假饵
在长长的弧线前面坠下。
然后，你看着它蹿跳，洗腮
徒劳地挣扎，划过修长的水痕到来。

你怎样解脱水靠，取下头罩放松
拧开水壶盖子，饮水
看疯狂的白蚁在升起的日头下麇集
大吃特吃，这都不重要。
现在车已开动，鱼在后备厢里冷不丁跳动
你感到生命增加了重量。

美

以树木的姿态向上伸展，然后
皮肤由白变红，如同一只手绕过脖颈
挖进浓密头发里引来的颤抖

这不是做爱的前奏
而是一棵白桦树正在经受的黎明

从山的豁口望出去，太阳点燃了城市
一个足够喧嚣的熔炉
当然，这一切，也许并不那么讨厌

你坐在湖边，手持钓竿
感受到丝线的轻柔与鱼的沉重
树的影子渐渐冷却，令你心情愉悦

斜　塔

——给文武

我不知道该如何计算它的高度。
那倾斜的姿态
像正在走过来的一位孕妇。
世界上其他的塔大概都一样，要么是
实心的，要么空心
装着信仰、爱与悲哀的纪念。
为一个历史事件奠基
坚守某种确定，或者不确定的东西。
世界本身，也一样。
所以并不需要一根斜拉索
将它拉直、铆固至
理想的位置。那些难看的
打破规则与传统
正在经历的，也许更加真实。
尤其是在这么一个自我旋转的星球上
围绕它，挣脱重力的影响
牲口与人群、农庄、山林
流水与光影，一切
都微不足道。
但不至于在一阵风中速朽，骤然崩溃

如同一盘散沙。

你看，它在静静地抬高

在那含混不清的历史时刻，抬伸到

令人惊悚、危险的角度

仿佛它成熟了，瓜熟蒂落

突然将要发射

对准了巨大的、令人骇然吃惊的空洞。

铁 轨

枕木间的积雪未化

错觉误以为你伏在雪山上爬一架梯子

你从地球的这面峭壁爬上去

星群加速地追逐太阳

有时候，孤独像一份事业

疾驶过的火车

而肉体，一件多余的行李箱

扣着沉重的喘息

有时候，突然地轻松

错觉像星子吸附在雪上，突然地

融化

一扇小窗就要到了

你弯曲了食指

房　子

每天夜里，我都无法安静
我的房子里
绝不是一个人，闭着眼睛
我也能看到泥瓦工在墙壁上粉刷
木工们在赶制柜子
或者椅子，我的鞋子
皮匠们鞣着皮硝，钉着扣眼
那些衣服，总有裁缝们
拿着皮尺和粉笔
他们静静地裁切开来，又仔细地缝合
夜里，甚至每一本书
里面都趴着一个写作的人
……房子拥挤，挤满了人影
我打开灯来
电工们突然消失，管道工
顺着弯曲的水管走远
只有一个人，拿着一把网子
把时钟的滴答声
还在不停地捞起来，又漏下去
但是我看不到他
我想了很久，记不起来我在哪里
我都干了些什么

冬　青

人宜有岁寒之心
经霜雪而不凋。

餐冰饮刀
丹实愈发浓艳。

那正好是我。
经过了疯狂的修剪
爱的教育。

每一个园艺师都有对日子深恨的执念。

声　音

静坐与冥想，那种声音
并非来自任何平凡事物之间
的摩擦与撞击
它也不出自它们嘴巴里
的自言自语，或者彼此之间的辩论。
事物没有自己的本心。
但它可能隐匿在
水、空气与时间的流动之中
随物赋形
在我头顶，浑圆的天空下
开启灵智的钥匙
仿佛是从亘古星卷中，泄露出来的
一粒星光。

回忆录

每天写诗，像写一部回忆录
我的起句就是那窗子。

譬如水、烟斗，掉在草坪上的红色
内裤，精巧的蕾丝花边
花工小心地伸出绿
色的指头。
割草机，一个害着热病、莽撞的大家伙
忍不住颤抖。

我总是这么写着，回忆写完了
就成了遗嘱，一部分。孩子拿着稿纸
折飞机，不知飞到了哪里。

论白云

年轻时赞美它
像爱着少女一般，狂热地爱着它。
又在床单的梦境里
像突然失去了撞针，留下
羞于表白的记忆。

正如垂柳只顾着低头
溪水中有一个它。
而风筝总是在挣扎，幻想着
从上面去看一看它。
中年后我们被一场大雨淋湿。

如今隔着门槛看它
它离我们不远，也不近
还给我指缝间的一绺白发。
我也曾越过神庙的檐溜眺望它
它垂下额头一语不发。

缥缈的势必成为永恒
该告别的告别，要说的也不会太多。
谁想到狮子的颈上会发生雪崩

留恋它，怀想它

极度的狂欢之后，痛苦地埋葬它。

落日颂

它谦逊，低调
后退着和我们告别。
弓下腰，头埋得更低
它对那些树杈子说：还有明天。

平原上的一切
都太过低矮和沉默。
一个在地平线上倾斜的天空
农舍、鸭棚、芦苇和匍匐的马唐草……

除了河流强忍悲痛
凭借巨大的惯性向前。
那惊心的一跃
粗率、潦草，但来得干脆、决绝。

夜宴最终降临
大耳窟的蝙蝠们争抢着喝血，吃肉
替我们赎罪。
在梦里我们没有睡相，像牲口一样。

河 流

一次，它苦苦哀求：
让我把一只手伸进你的心里吧。
雨，仍然下着
它想摸一摸我心里跳动的火焰。
而我的心是一只鹈鸟
词语是那笼子
它曾经像玻璃那样明亮，易于融化。

现在，迷雾重重
解开缆绳的人
正把黑色的小船推进水里。
我血液里的马达忆起
河流正是我本身，带有根的
诅咒、悲伤与愤懑
没有解脱，正如那鹈鸟痛苦的鸣叫。

金属的疲劳

嘿，就是这些金属件
通常会按照统一的标准
铸造成固定的形制
在流水线上，打磨，抛光
防腐，增加镀层
以适合整体的审美趣味
事实上，这些金属件
经过锻造、拉伸、淬火
改变内部粒子的运动轨迹
被铆固、嵌合、焊接
拼搭，遵循理想的进程
在不同的分工环节，紧密协作
最终打造成机器的样子
需要引起注意的是
因为结构特性、应力循环
和交变环境的改变
可能会导致的生锈、腐蚀
断裂、分散与崩溃
在未知的时间内
将随着疲劳极限不期而至

绳子上的雨水

雨水要交给绳子一个小国家
除了闪电没能收纳
油菜花、房子和远山，还有一座
低矮的土地庙
都在那晶亮的长廊里堆放

绳子以它一贯以来的严肃
兜圆了下巴
而天空脸色阴郁，冷冷地对着山脊
它在蓄谋下一场暴动
用更多的鞭子，凶狠地抽击大地

来了，大衣已经掀起
风吹过来
绳刺紧张地竖起
松碎的镜像传导压力，彼此倾轧
最后像一堆音符无序地洒下

灰　驴

在李贺的世界里，它的蹄脚阒寂
旦行暮归，专注于
忠实地背负锦囊，任由驱使
为那鬼才的呕心沥血略尽绵薄。
在徐渭的大写意里，重墨
点染千钧之力，蹄脚
顿跺扬驻，牵丝萦带
它步伐轻快，生机跃然纸上。
而在八大山人的愁苦与孤傲之中
它简略到，只剩下一个汉字
签名的注脚。
甜俗的气息扑面而来
在黄冑的积浸之下，它的面目
开始清晰，甚至是清新——
他的确更喜欢带着稚气的驴子
小小的驴子，永远长不大的驴子。
离得越近，事物越庸俗。
或者，换句话说
越久远的作品越接近还原本质。
万物如一，如何归心，最终
要归于笔下，穷尽万古愁？

一个下午，雅姆精致的情歌：
眼珠子像丝绒，比柔心的少女
还要温顺，在阴影下
开花的路途上走着，被温柔
压伤的驴子，又如何走来？
你与逝去的人理论，促膝畅谈？
在你的记忆里，它蠢笨、臃肿
毛皮粗糙、鸣声粗野
除了一身蛮力，乏善可陈
它粗鲁的交配方式更是令人作呕。
这样的感受，是否仅仅与你
个人的成长经历、所受的教育相关？
你确信本身，自带黔之驴的蒙蔽？
你想起在巴基斯坦，卡拉季奇郊外
空间的一次交换，傍晚的草地
没有主人，拖着缰绳，或者
干脆没有缰绳，司空见惯
四处，像魂魄一样游荡的驴子。
同事们间或逮住一只，杀戮
它肺部生满寄生虫，比起填满青草的
胃，更像一个草包。
只有一次，你似乎看到了李贺的
抑或是徐渭、八大山人的驴子。
那是在太行山上，绝壁万仞
你从山顶偶然一瞥，一只

驮着高粱，还是小米的驴子
在峡谷中穿行，灰白的背脊悬浮
像一具漂流在江河之上的琵琶
根本谈不上哀伤与否，又或者是
根本来不及。一切。万古愁。

冬日，和邵风华在明清街看羊

夕光返照
它们正从街衢跑向
起伏的山道。

领头的是白羊，还是黑羊
我们一无所知。

它们只知道充满信心向前。

瞧瞧，羊在爬坡
羊已被光照燃成一团火。

羊的身下拖曳的阴影
如同胸前淌下
鲜血的污迹。

而它们下坡，一个火把
短暂熄灭
然后重新燃起，点亮。

非此即彼，起伏的命运展开

羊的路还很长。

羊的前方，除了农庄
田野和风声
还有整体的群山，最后的
一线光亮。

羊，它们善良又倔强
不知道面临的
是灰烬，还是流亡。

当我们端起酒杯
再次远眺
羊已与群山融为一体。

而椅背上柔软的羊毛毯子
瞬间让我们泪目。

涠洲岛的夏夜

也许我该告诉你一些什么
当我们茫然地眺望大海

暮晚，渔火把远处的海面抬高
接到了天上，而近处的海水泅游过来

沿着水线啜饮黑暗，激情消退
沙滩车驶离，留下纵横交错的辙印

商贩们忙着捡拾，砍削掉头皮的椰壳
几根甘蔗，倚靠在货车架边

在风中，如同孩子们伸出瘦弱的手臂挥舞
灯光时有探照，芭蕉叶噼里啪啦作响

像成年男人们那样裸露出肩膀嬉戏，角力
作为某种回应，渔港突然明亮起来

巨大的蚌壳张开，吐出珠子
蚝油、沙虫盅、鳗段，生铁烤架上蠕动的八爪鱼

可以想见的情形，揭开另一种生活的序幕

大海回望，但它永远不想知道，我们如何挥霍完短暂的一生

去年七月，我在福建长汀的无名小镇

方言散落在小酒馆的各个旮旯。
桉树叶子打着卷
在风中落下。

稀稀疏疏的雨
润湿了灰尘。街道像芒果的果肉
一样明亮。

一个埋头蹲在路灯下的男人，仿佛是
穿着双拖鞋的青蛙。
他拢起的双手，让人怀疑攥紧了灯绳。

这个世界唯独不缺孤独。
旅途中，我赶了很长的路
却不敢造次上前，拍拍他的肩膀：嗨，兄弟！

同一天，我还在公交站前遇见他
蹲在太阳底下
如同遭受了电击，怪叫，像蒸汽迅速消失。

天气溽热。蔗渣、果皮打算上岸

泅向了马路牙子。

而水果摊老板，一再对着街心泼水。

黄昏，白裙子、黄裙子，渐次在树影下移动。

每当身影交错，我便想起

在他人的命运里，我又活过一次。

五月，在乍嘉苏高速公路上和一群猪同行

此前，我只看到那个群体的后背
宽阔、厚实，道路前方的夕阳泼洒下来
整体上给了人山峰般雄浑的错觉
上坡的时候，得以慢慢地接近
我才惊讶地看到：它们坐着
和我们一样，一个挨着一个，
胖的、瘦的、秃顶的、顶着浓密
猪鬃的，一个跟着一个
它们中间，一小部分已经睡着
也有不睡的，三三两两
正在喁喁私语，而更多的
只是耷拉着耳朵，望着窗外
一头猪，居然抬起前爪
拍了拍它前面那位的肩膀，而另一头
搭在货厢栏杆上的蹄脚，竟然
像挂在座椅边精致的坤包……
直到追得更近
我才发现它们喘着粗气，一群猪
它们累了，散发出令人恶心的
浓重的体味，而脖子上淌下的湿汗
顺着肩胛流下来

就像一条条蹩脚的领带……

终于，一个俯冲，接着上坡，司机猛然加速

伴随着一阵颠簸集体的

猪的哼哼唧唧

十九座的依维柯超了过去

在一群猪的阴影里我们冲了过去

在夕阳和群山中我们冲过去了

路，还漫长

车上，大部分人已经疲倦地睡去

少数人压低了嗓子，还在不倦地探讨

梦境前的季报、市值、K线、GDP

窗外，是一望无际、结了荚的

油菜的盛大集会，似乎丰收在望

但是冲在这群猪的前面

我还是感到了前所未有的悲哀和沮丧

室韦的夏天

夏天这样短暂
如同河对岸，打水的俄罗斯女人
脱下短衫的瞬间。

风，涤荡草场
牲畜的汗息和粪便的气味，跟随热浪
席卷而来。

某个时刻，你感到厌倦
在扁豆扬起的蔓须和蜀葵的脸盘之间
怅然若失。

蓝莓酱捣好了
装进透明的罐子，不知名的纱翅虫
在玻璃壁、马腿阴影里爬搔。

逼真的幻觉
一再陷入可能，犹如那呆傻的木刻楞之窗
眺望每个来临的日子。

还有很长的路

而躯体并不急着起身，它被流水挽留
在不断跃动的反光里。

在湖面上即兴写下什么

整体上，山峦无限蓊郁苍翠
季节敞开的又一个白昼，太阳
仍然在天空踱步
那相对短暂，却永无有止息的循环。
来了，风
茭白林的叶片，像少女们在夏天的
不插电演唱会上
裸露着，举起来不停挥舞的手臂。
然后安静慢慢沉下来
在菱花丛中
一只铜翅水雉的尖喙，在肚腹下拢好了卵
将它们轻轻覆盖。
转瞬，钢蓝的雷声轰隆
在天庭的长廊里起了火，雨点、白鱼
溅起，湖面上波光踊跃
像吉卜赛女郎颤抖着弹跳的肚皮。
你抽烟，眺望窗外
回到书桌前思考，面对一张白纸
仿佛即兴写下什么
便永不再孤独。

马腰岛

我向往那岛。

是这样的，几个月前
我和雨来同学刚刚去过。
那里有一座岛
像马腰，像一座岛。
那里，是一些树的监狱
和鸟的驿站，云朵有时会模仿它
在我们头上做出鬼脸
吓唬我们，而沙地很友好
对海潮的到来从不生气。

我在那里看到了一些大鸟，小小的
天青色的鸟卵。
还有蛇，肚子里也放着鸟卵
腹部鼓胀，像结成疙瘩的自行车链条。
很多树，长得很高
也有矮的，那是灌木
伏在地上的是马鞭草和血蓟。
雨来还扯下一根
咬在嘴里，谁知道他有那癖好

总之，是快乐的草儿。

有一些鱼，在岛的周围游来游去
好像岛就是妈妈
这辈子它们也不会知道
什么是疲倦。
还有山羊，在礁石上蹦跳
你知道蹄子捣击的声音吗
像极了坚硬的雪球
在玻璃框上摔碎。
还有什么，我已经快要忘记那些事儿了
我只是知道有座岛
它们就是震碎了这个世界也没有什么。

我抽烟的时候，吐出烟雾
就看到了岛的轮廓。
我散步时竟然听到了十
到十五海里之外，几十片海浪的叫声
像巨大的、透明的翅膀倾轧。
鸟的翅膀柔和地扇着
空气软绵绵地
卷成了好多鲜嫩的牛肉卷。
也有安静的时候
浮标铃在海水里浮漾
在风中悠扬。

而果子，接二连三噼啪地掉下来
一路滚下了山径。

我在早晨的盘子里，鸡蛋饼上
看到了那岛。
我在办公室里修订文件
从笔管里闻到了海水湛蓝的味道。
我的衬衣领上
好像是混合了蝶粉、碎树叶和草渣
阳光熨平了，新鲜得不得了。
但是，每个在我面前走来走去的人
都给我带来了岛的气息
陈旧的、被压扁了的
皱巴巴的气息。

我怀疑我的指甲是块碎贝壳
我觉得我的办公室是摇晃的
船。我向往那岛
觉得它就装在我的口袋里
我可以随时掏出来
馈赠给所有熟识的朋友。
而船长，把一根咸湿的缆绳
拧成了我的记忆
有多长呢，大概绕岛一圈。
解开来要多久呢

真的像自由的时间那么短暂。

我向往那岛。

追　忆
——致李三林

交谈进一步变得艰难

以致我只有写诗

离我们上次相聚已有数年

你我手持的天穹因而也更加空旷

眼前是寂寥的秋天了

从树枝上纷纷掉落的落叶

不能不说是件值得感慨的事情

除此之外，世界屈尊于一架座钟之中

仍旧忙碌于庸碌的点滴

而我们亟须印证的，万物的永恒

不是追寻，正是追忆

哦，落日，一个白昼之中最后的脚迹

匆匆踏过无名小镇的上空

消瘦的数学老师

在黑板上留下了漂亮的板书

孩子们抄完习题，继而回家演算

你转而遁身狭小的阁楼

与清贫的蟑螂为伍，抚摩红砖

群山和树林、河流、飞鸟

无一例外地落在纸上

又因夜色的来临，全部熔为灰烬

一个人，明知一切不可挽留

却要耗费余生的心智

做出怎样的努力？

而在此时，我所在的北杭州湾

完全是另外一幅影像

小窗搁于大海之上，听任波浪浮泛

月光泅游过来，解开衣襟

——喂养白色的礁石

在你我之间，骇然敞开的空洞

用什么填补？

我们过去的时光，用什么填补？

四百九十六公里的旅程

我曾经在深夜驱车，沿着盘山公路

登上牯牛降，眺望你漆黑的小镇

星空汹涌巨大的旋涡

你在梦魇中惊起，而杜荀鹤隐居至死

全然不知我的造访

一个停顿，只是一个停顿

暂且记住了我们的所在

我想说我信手记录下来的

全部关于诗、关乎诗的艺术

诗的所在，你相信吗？

我想说这首诗既然这样开始

就将赋予永无结束的使命

你是否相信？

黎明前赶到秋浦河，你淡然自若

对我的不期造访毫不惊奇

就像我这首诗缓缓到来，毫不惊奇

既然李白也曾在此驻足留吟

那么我们在此伫立，就不是偶然

蜜蜂倾心于莳萝，鹡鸰中意于蒲苇

言辞不能一一尽意

而你我将终身信奉风景

现实的宇宙仰仗于纷纭的表象

事物的延展总有内因

长安一片月，万户捣衣声

声声，恍惚犹在耳蜗

我们在风中凝神聆听，一个女孩子

却下到河滩，搂抱她的白鹅

仿佛神灵暗暗昭示

均由一双看不见的大手推动磨盘

即便如此见机做出某种选择

也不能加以阻止

我们拊掌大笑，继而在河谷中安坐

意外地谈起神话，土行孙钻地

雷震子和辛环振开翮羽

因为期待所为

我们放下了可笑的直钩

因为无所能为

我们伪造了哪吒的三头六臂

数一数流水中砂粒的反光

就不难理解，种种道具的由来

广成子的金索，李耳的白环

燃灯道人把玩的琉璃瓦盏

而一部山海经，穷尽搜罗

早已把我们的愚顽憨痴绘尽

又有什么可待成真

值得一再反复书写，呕心沥血

然后扔进蹇驴上的布袋

天边树若芥，江畔舟如月

对一个隐士稍加宽慰

采菊东篱下，悠然见南山

仅仅只是出自性情？

不幸中的最大不幸

是你我生来就是一个诗人

别人的传说，将在我们的身上重演

我们在哀悼前代殉道者的同时

不觉已坠入后继者的口舌

自我从石台和你小别

我就进入龟息潜伏的岁月

用可怜的寿诞，对抗浑圆的虚空

因为孤绝与热爱

所以成就了个体的呼吸

此生，可待长久追忆

津渡文学年表

1991年，阅读到废名的作品，受其影响，尝试文艺创作。

1993年，开始发表作品。

2005年，写出《山居十八章》《潋浦秋兴十八章》等代表性作品。

2006年，加入浙江省作家协会。

2007年，加入中国楹联学会。

2009年，出版诗集《山隅集》（长江文艺出版社），同年参加《诗刊》社第25届青春诗会。

2011年，加入浙江省书法家协会。

2012年，获第三届徐志摩诗歌奖。

2013年，加入中国作家协会。

2014年，出版散文集《鸟的光阴》（北岳文艺出版社），主编出版《南方七人诗选》（吴越电子音像出版社）。

2015年，获浙江省优秀文艺作品奖。

2016年，出版诗集《穿过沼泽地》（长江文艺出版社）、散文集《鹭过翠微翻素影》（浙江人民出版社），诗歌《咸鱼铺子》入选"深圳读书月年度十大好诗"。

2017年，获《安徽文学》诗歌奖。

2018年，获小十月儿童诗歌奖。

2019年，出版诗集《湖山里》（长江文艺出版社），同年获第二届"中国·赤壁杯"《诗收获》季度诗歌奖。

2021年,出版散文集《草木有心》《我身边的鸟儿》(广西科学技术出版社)。

2023年,获首届李叔同国际诗歌奖。

图书在版编目（CIP）数据

苔藓与童话 / 津渡著. -- 武汉：长江文艺出版社，
2024.1
ISBN 978-7-5702-3289-5

Ⅰ．①苔… Ⅱ．①津… Ⅲ．①诗集－中国－当代
Ⅳ．①I227

中国国家版本馆 CIP 数据核字(2023)第 139510 号

苔藓与童话
TAIXIAN YU TONGHUA

策划编辑：沉　河
责任编辑：王成晨　　　　　　　责任校对：毛季慧
封面设计：祁泽娟　　　　　　　责任印制：邱　莉　　王光兴

出版：长江出版传媒　　长江文艺出版社

地址：武汉市雄楚大街 268 号　　　　邮编：430070
发行：长江文艺出版社
http://www.cjlap.com
印刷：湖北恒泰印务有限公司

开本：880 毫米×1230 毫米　　1/32　　印张：7.625
版次：2024 年 1 月第 1 版　　　　2024 年 1 月第 1 次印刷
行数：4990 行

定价：58.00 元